災祥

小島 環

潮文庫

目次

装画　丹地陽子
装幀　高柳雅人

災祥

第一章　天運

1

泰昌元年（一六二〇年）八月十五日、未の刻を知らせる鐘の音が響き渡った。

空は晴れ、風が肌に心地よい。

十歳の朱由検は紫禁城を出て、動物が集められた大庭園で従者と隠れ鬼をしていた。大庭園には獅や虎、貘に猩猩と朝貢で献上された希少な動物もいる。

もとは、宦官ながら武将となった偉丈夫の鄭和の大艦隊が、七度にわたる大航海で世界中を訪問した際に得た動物を持ち帰ったのが始まりだ。

当時は、もっと大きく賑やかな動物園だったようだ。今では使われていない館も、ちらほらとある。

鄭和の壮挙を思うと、朱由検の胸も弾む。

各地で勃発していた元朝への漢民族の反乱運動の中、朱元璋は古来より豊かな江南地方の穀倉地帯を押さえた。肥沃な大地がもたらす財力と知識ある儒学者の重用により、朱元璋は各地の反乱軍を束ねていき、金陵を都として明王朝を建国した。

長く続いた反乱で荒廃した国土を立て直し、漢民族の支配の拡大のため、あらゆる権限が皇帝の手に委ねられ、農村の末端に至るまでその支配を浸透させた。

三代皇帝である永楽帝は、残存する元の勢力を退けるため首都を北京に移し、その国境の防衛のための長城を築いた。

広く海上貿易を禁じていたが、皇帝の許した朝貢貿易はいよいよ盛んとなり、永楽帝はさらなる対象を広げるため、鄭和に艦隊を率いさせ、七回の派遣を行った。

当時は国力が豊かで、鄭和を大航海に出す余裕があった。二万数千人の乗組員をもつ大艦隊鄭和は、東南アジア、インド、セイロン島からアラビア半島、アフリカにまで航海し、最遠でアフリカ東海岸のマリンディ（現在のケニア）まで到達した。各地の支配者に与える皇帝からの贈り物など諸貨物と、各地の支配者から皇帝に献上された貨物などが搭載された。

鄭和の死の翌年、宣徳（せんとく）十年（一四三五年）に宣徳帝が崩御すると明は再び内向的になり、国力も衰退に向かって航海は行われなくなった。

鄭和の時代はとても華やかだったのだ。

献上された動物に、生きた麒麟（きりん）がいた。珍獣を見た永楽帝や周りの臣下は驚いたそうだ。

それに引き換え、今は大庭園の動物たちも種類が少なくなり、少し道を逸れると鬱（うつ）

蒼(そう)とした場所に出る。

「若様、どちらにおられますか？」

王承恩の声だ。二十代前半の宦官だ。黒髪に黒い瞳、少し細身だが均整の取れた体つきをしている。背は高い。まわりの宦官たちの中で抜きんでている。朱由検とは、頭二つ分違う。

物心ついた時には側にいて、王承恩は朱由検の世話係をしていた。

かつて、どうして宦官になったのかと問いかけたところ、貧しかったからと返事があった。貧しさというものが朱由検にはよく分からなかった。だから、どういう状態だったのか尋ねた。王承恩は、あくまでも私の話ですが、と前置きをした。もとは裕福な商家だったが、時世によって没落した。幼い妹は纏足(てんそく)をさせてもらえないほど貧しくて、両親によって売られるところだった。そのような家族のありようを見て、王承恩は自らの肉体に刃を立てて男根を落とし、宦官となった。

纏足は女子の嗜(たしな)みだ。宮中の誰もがしている。大足の女はそれだけで侮蔑(ぶべつ)の対象になる。

あたりまえのことが、できない暮らしだったのだな。

朱由検はおぼろげながら、民の貧しさを理解した。

教えてくれた王承恩は、普段は穏やかな微笑みを浮かべていて物静かなのだが、不安を覚えると少し口煩（うるさ）くなる。

今も、朱由検を捜す声に心配が滲（にじ）んでいる。

朱由検は新緑の美しい木々の間に身を滑り込ませた。見つかってなるものかと笑みを浮かべる。

人気のない場所に、石造りの古びた井戸があった。

あの中に隠れられるだろうか。

朱由検は、そっと近づいた。

井戸は、地面から朱由検の腰までの高さがある。手をついて中を覗（のぞ）いた。

枯れ葉が集まっている。壁面は苔むしていた。深さは、見たところ地面から底まで朱由検の身長の三倍ある。降りても出られなくなる。

中に入るのはやめておこう。

朱由検が身を翻そうとした時、足元に大きな虫が死んでいるのに気づいた。よくよく周りを見てみると一匹だけではなく、色々な種類の虫が数匹死んでいる。

気持ちが悪いな。

朱由検は虫の死を恐れなかったが、井戸の底から出られなくなっては困る。別の場所に身を潜(ひそ)めると決めた。

その刹那(せつな)、何者かに背中を強く押された。

朱由検は、頭から井戸の中に落ちた。体が宙を舞う。頭と肩、胸を打ち付けたために、息ができずに朱由検は呻(うめ)いた。

井戸の底から仰ぐと、青空は歪(ゆが)んで見えた。

何が起きたのか。誰かに落とされたのだ。背中を押した手は大きく、力強くて、男のようだった。

当たり所が悪かったら、死んでいた。いや、相変わらず息が吸えない。苦しい。このまま死ぬのだろうか。嫌だ。怖い。

朱由検を殺そうとしている者がいる。

声を張りあげなければいけないと思ったが、朱由検の意識はゆっくりと消えていった。

2

再び目が覚めた時、朱由検は暗い場所にいた。

起き上がろうとしたが、肩が痛くて涙が出た。
手探りであたりを確かめる。井戸の中には、枯葉が集まっていたはずだ。だが、今は何も感じられない。風も吹いていなければ、何の匂いもしない。音もない。

死んだのだろうか、と朱由検は淡々と考えた。何者かに殺されたとしたら、今は冥府にいるのだろうか。

犯人の心当たりはある。たくさんありすぎて分からないほどだ。

皇帝の子である朱由検を亡き者にと願う者は、彼が生まれてから絶えたことがない。七人いた兄弟のうち五人は既に夭折(ようせつ)したが、その死因も怪しいところだ。

朱由検は太子である兄にとってまず一番近い皇位継承を脅(おびや)かす存在であり、一縷(いちる)の望みであっても玉座を望む親類たちにとって邪魔者だ。

女官、宦官、百官たちの誰が敵か、もはや分からない状態だ。信頼できる者があるのかさえ疑わしい。まだ子供と侮(あなど)られてはいても、自身の置かれた立場については理解している。

ふと、ぼんやりと、遠くに淡い灯りが点(つ)いた。誰かがいる。朱由検は警戒しながら、その人物に近づいた。

こんな場所にいるなんて、きっと、ただの人間ではない。

自ら近づこうなど、危うい真似をしているだろうか。朱由検は炎に飛び込む虫のことを想って歩みを止めた。

だが、考えてみれば、こんな場所にいるのは朱由検も同じだ。相手のほうが怯(おび)えているかもしれない。再び歩き出した。

漆黒の闇を思わせる黒い髪と瞳をして、青白い肌をした、美しい人が立っていた。

年齢は朱由検より数歳年上だろう。纏足をした小さな足をして、朱由検に向かって微笑んでいる。身長は朱由検より頭一つ分高い。すらりとした肩をしており、いつでも軽やかに宙を飛んでいけそうな印象だ。艶やかな黒髪を頭の後ろで結い上げ、簪(かんざし)で飾っている。衣は青色をしており、絹で作られていた。

「後宮の者か？」

問いかけるが、返事がない。

「なぜ膝(ひざ)を折らぬ。私を誰だと思っている」

初めて目にする者だ。間違いない、この美貌であれば一目でも見たなら、決して忘れられない。

「朱由検だね」

鈴を振るような響きがした。朱由検と知っていての対等な言葉遣いだ。不遜だが、声まで耳に心地よい。この者の美は、あまりにも整いすぎている。欠けている部分が何もない。

「何者だ」

もしかするとこの世の者ではないのかもしれない。そう思うと体に痺(しび)れが走った。それは恐怖に似ているが、同じではない。現に恐ろしく思っていても、逃げ出そうという気は起こらなかった。

「人は私を、色々な名で呼ぶよ。君も好きにしてくれたまえ」

朱由検の目の前で、異形の者は、うっとりと微笑む。

「好きに、とは？」

「君の好きなようにすればいい、ということさ」

「よかろう。では、懐允(かいいん)と呼ぶことにしよう。——答えよ、懐允。ここは、どこだ？」

「生と死の狭間さ」

懐允が両腕を広げた。

「それは、なんだ」

「そのままの意味さ。ここに至る者は皆、生きてはいない。だが、まだ死んでもいない。どちらでもない者だけがいられる場所なんだよ」

「……つまりここは、冥界の入り口か？」

体がぶるりと震えた。死の世界が迫っている。一歩足を踏み入れたら、もう戻っては来られないだろう。

朱由検は背後を振り返った。暗闇が広がっている。

だが朱由検は、それ以上の取り乱しは、しなかった。しっかりと幽冥の地を踏みしめ、更に問う。

「懐允。ならばそなたは、冥界の番人か？」

「そのつもりはないよ。似たようなものかもしれないけどね」

ふふと懐允が告げた。うっとりした表情だ。

懐允が番人だとしても、この美しさを前にしたら恐ろしさなど感じられない。

それよりも、冥界に縁のある者ならば、聞いてみたい話があった。

「ならば、母上を知っているか？」

「ああ、君の母上か」

にぃ、と人外の唇がつり上がった。

「君の母である劉(りゅう)氏は亡くなっているね」

「ああ、そうだ。殺されたんだ！」

「皇帝の手によってね。君の父だ」

「よく、知っているな」

朱由検は唇を噛（か）んだ。

「哀れな最期だったよ。誰からも助けられることなく、誰からも弔（とむら）われることもなかったのだから」

「禁じられたんだ！」

どれだけ弔いたいと願っただろう。だが、許されなかった。

朱由検にとって母は、紫禁城でただ一人、自分を愛してくれた人だ。

母が愚痴をこぼしたところ、まだ皇太子であった父の機嫌を損ねて突き飛ばされ、母は卓に頭をぶつけた。当たり所が悪く、母はそのまま息を引き取ったという。

もっとも、それはたまたま耳にした宦官たちの立ち話であって、真実かどうかは定かではない。

ある日いきなり母は消えた。今よりもずっと幼かった朱由検にとっての事実は、それだけだった。

父に対する怒りと、母を想う気持ちは微塵もなくならない。

それどころか、朱由検は孤独を感じるたびに、母が生きていてくれたらと夢想していた。

「君の父は、その父である万暦帝に殺害を知られて懲罰を受けることを恐れ、ひそかに金山に葬った」

「そうだ。全部、知っていたか」

父は、自分が望まれた皇太子ではないことを知っていたのだろう。自らの父の顔色ばかりを窺っていて、他の者に関心などない。母は献身的に尽くしていたと聞くが、そんな母を寂しい場所に葬った。

朱由検はぎゅっと拳を握った。

「知っているよ。私に知らないことなど、ない。君が今どれだけ母君に会いたいと思っているかも」

「会えるのかっ？」

「会わせてあげたいけれど、難しいな」

懐允が腕を組み、顎に手をあてた。どことなく面白がっているようだった。会えるのに難しいと拒むのか。朱由検は懐允に苛立ちを覚えた。

「なぜだ！」

「君を死なせるのが、とても惜しくなった。懐允なんていう綺麗な名前を貰ったのは初めてでね」

くく、と白い喉の奥で小鳩のような音が聞こえた。

美しすぎる異形は、うっすらと頬に紅を昇らせ、嬉(うれ)しげに口元を綻(ほころ)ばせていた。うすぼんやりとした世界の中で、妖しい花のような色香が漂う。見ていると胸の奥が温かくなり、同時に締めつけられる感覚がする。

「詩経の注釈にある。――懐允不忘と。そなたは、忘れられないほどに麗しい」

「ああ」

紅い唇が歎声をこぼした。

「なんて綺麗な意味、なんて麗しい運命――」

「そなたにふさわしい」

懐允が朱由検をじっと見つめた。麗しい瞳に、吸い込まれそうになる。いや、すでに心は吸い込まれてしまった。

懐允がにっこりと笑った。

「いいだろう朱由検、私は君から離れないようにしよう。君が私を忘れないように。もうすぐ時刻だ。まもなく、君は目覚める」

「懐允？　私は起きてるぞ」

「君は、まだ生者の世界に留まるがいい。大丈夫だ、私は君の側にいるよ。懐允とまた呼んでおくれ」

遠くから、朱由検の名を呼ぶ声が聞こえる。声のする方向を見た時、朱由検は目が覚めた。

「ああ、お目覚めになられた！」

王承恩が叫んでいる。額には汗が浮かび、目には涙を貯めている。

「……私、は……」

「どうしてこのようなところに！」

王承恩が悲痛な叫びをあげた。

朱由検は七人の臣下たちに囲まれていた。

見上げると青空が広がっている。草木が風に吹かれている音もする。

朱由検は井戸から引き出され、地に横たえられていた。

「落とされた……」

朱由検は大丈夫だと伝えようと、右手を上げかけた。だが、できなかった。

すごく疲れていた。朱由検はそのまま眠りについた。

3

気がつくと、寝台の上にいた。天蓋に使われている布、漂ってくる香り、どれもなじみ深い物だ。ここは後宮にある自分の宮殿だ。すでに灯りが点されていた。

もう夜か。

袖の色が昼間の物とは違う。衣服は取り換えられたとみえる。

朱由検は起き上がろうとしたが、やはりできなかった。怠さがあり、熱があり、吐き気がする。

額に手をあてると、包帯に触れた。

「若様！　お目覚めですか！」

王承恩の声が聞こえた。

ずっと寝台の隣に膝をついて、見守っていたのか。

「若様、痛いところはありませんか？」

王承恩の瞳には、無事であるようにと願う気持ちが浮かんでいるように思えた。

問題ないと言ってやりたいが、ここで嘘はつけない。

「落ちた時に体を打った。頭と肩と胸が痛い」

「ああ……頭は怪我をなさっていて、軟膏を塗ってあります。肩と胸には湿布を貼ってあります。痛みが強いようでしたら、痛み止めの薬を用意させましょう」

朱由検は「そうだな」と頷いた。

「どれだけ寝ていた？」

「今は戌の刻でございます。ご気分はいかがでございますか？　何かお召し上がりになられるのであれば、すぐにお食事をご用意させましょう」

「……いらない」

「どうなさったのですか？」

王承恩の声が慌てたものに変わった。

「寝ていたい」

朱由検は込み上げる吐き気に顔を顰めた。

「失礼いたします、若様」

王承恩が手を伸ばして、朱由検の脈を測った。その手はひんやりとしていて心地が良かった。

「熱がありますね。すぐに医師を呼んでまいります！」

王承恩が真剣な眼差しで見つめてくる。

「分かった」

朱由検が許可すると、王承恩が寝所の外に出ていった。

はぁと朱由検は息を吐いた。また一気に熱があがった気がする。

どうしてこんなことになったのだろう。朱由検はぼんやりと今日の事件を振り返った。

井戸に落とされて死ぬかと思った。死んでいてもおかしくなかった。

朱由検は助けられた。冥府に縁のある者に。

懐允と胸中で名を呼んでみる。

あの麗しい人にまた会いたい。懐允と再び念じてみる。だが、現れない。

代わりに王承恩が見覚えのある宦官をつれてきた。名は陳季だ。主に後宮の妃たちを診(み)る医師でもある。

陳季が朱由検の手首の脈を測った。

「若様はいかがですか？」

心配そうに王承恩が問いかける。

「熱証ですね。石膏(せっこう)、大黄、黄連などの寒涼剤をお飲みください。すぐに用意いたします」

　陳季は朱由検に伝えると、急いで退出した。

「若様、井戸に落ちた時に病でも拾われたのでしょうか」

　王承恩が寝台の横に膝をついて見上げてくる。その瞳は優しく、慈しみに満ちていた。

「分からぬ」

「怪我だけでなく、病もとは……若様を苦しめる者は必ずや罪を得るでしょう」

「見つかるといいがな。私の命を狙った者が……」

「見つかりますよ」

「そうか？」

「ええ、だからどうか眠っていてください」

　王承恩の言葉に、朱由検は瞼（まぶた）を閉じた。

4

「若様、準備ができました。お眠りのところ申し訳ありません」

数秒しか経っていない気がしたが、どうやら眠っていたらしい。王承恩の声に、朱由検はうとうとしながら上半身を起こした。

王承恩が杯を盆に乗せて運んでくる。

「どうぞ」

差し出された杯を、朱由検はそっと手に取った。杯の中には薬湯が入っている。口をつける。

朱由検は顔を顰めた。薬湯は苦かった。だが、すべて飲んで回復しなくてはという気持ちが強い。病は次の病を運んでくる。そうしたら次第に弱って死ぬかもしれない。

それに、朱由検の死を願う者もいる。弱みを見せてはならない。強くあらねばならない。

朱由検は一気に薬湯を呷(あお)った。杯を王承恩に渡す。

「今晩はずっとお側におりますから」

王承恩がそう言って、書斎のほうへ行った。

側にいるというのなら、隣にずっといてくれたらいいのに。

朱由検はそう思ったが、なんだか子供っぽいなと思えて口に出せなかった。

だが、酷く寂しい。

懐允、懐允、と何度も胸中で名を呼んだ。

熱はまたさらに上がっているように思う。

「懐允」

朱由検はその名を口に出して懐允を求めた。

懐允と呼ぶと、口の中に爽やかな快感が広がった。

その刹那、目の前に光が集まった。光は黄金色をしており、円を描いて玉の形になった。

朱由検はごくりと喉を鳴らした。美しい幻想的な光景だったからだ。触れようとして、右手を伸ばした。あと少しで触れられるというところで玉が弾け、人が現れた。

「ここにいるよ」

現れたのは、懐允だった。

懐允は美しい微笑みを浮かべて、寝台の側に立ち、朱由検に顔を近づけた。

朱由検は懐允の手を取ろうとした。

ところが、懐允に向けて伸ばした指先は、懐允の手をすり抜けて摑めなかった。まるで煙のようだった。

「あ……」

朱由検は切なさを覚えて、懐允を見上げた。

懐允はにっこりと微笑んでいた。微塵も驚いていない。触れられないことを、懐允は元から分かっていたのだと悟った。

「若様、何かおっしゃいましたか？」

王承恩が近づいてくる。

朱由検は懐允を見つめながら、「見えるか？」と王承恩に問いかけた。

「何を、ですか？」

王承恩が朱由検の視線の先を見る。その先で、懐允が王承恩に手を振った。

だが王承恩は不思議そうな顔をして振り返り、朱由検を見つめた。

「ここに少女がいるだろう？」

朱由検は言い募る。微笑を浮かべたまま、懐允は目を伏せている。

こんなに明らかに見えているのだ。

「若様？」

王承恩が一瞬眉を寄せて険しい表情になった。

けれど、すぐに笑顔を浮かべた。

そこで朱由検は、自分が場にそぐわない話をしたのだと悟った。

「……ああ、いや、いい、なんでもない」

「熱に浮かされておられるのですね。おいたわしい」

王承恩が奥から水の入った盥を持ってきて、布を浸し、朱由検の額の汗を拭いた。

「もう、よい。ひとりにしてくれ。私は眠る」

「かしこまりました」

王承恩には見えていない。ならば、懐允の話を続けたら、朱由検の頭がおかしくなったと思われかねない。

朱由検は懐允を見上げた。

「私にしか見えないのか？」

朱由検の問いかけに懐允が微笑んだ。

「側にいるから。君は病で亡くなったりはしないさ」

否定しないということは、肯定なのだろう。懐允は朱由検だけに見える友達だ。

「もちろんだ……こんなところで死ぬわけにはいかない」

病などには屈しない。抗ってみせる。

「ゆっくりお休み」

懐允が枕元までやってきて、朱由検の耳元に囁（ささや）いた。

朱由検は再び睡魔に襲われ、眠りの淵へ引きずられていった。

5

井戸に落ちてから四日後、朱由検は寝台の上で病と闘っていた。

全身が熱くてたまらない。眩暈（めまい）がする。体の節々が痛い。数日で引くはずの熱なのに引かない。怪我もまだ癒（い）えてはいない。

たびたび医者がやってきて脈を測っていった。言われるがまま用意された薬湯を飲むが、劇的に回復する感じはない。朱由検に仕える者たちが心配しているようで、寝台の上からでもざわつきを感じる。

だが、私は、一人ぼっちだ。

懐允の名を呼びたいが、宮殿にいる女官や宦官たちに存在を知られると、さらに心配される。頭がおかしくなったのではないかと思われるのも嫌だ。

それに、父親の耳にまで届いたら、何が起きるか分からない。祈禱（きとう）を受けるようにと言われるかもしれない。それでももし、懐允と離れることになったら困る。絶対に知られたくない。

だからできない。

だけど、会いたい。

大丈夫だよともう一度言ってほしい。

目じりに涙が滲んだ。朱由検は誰にも気づかれぬように、こっそりと掌で涙を拭った。

「若様を狙った宦官は捕らえました。凌遅の刑に処されましたよ」

気晴らしになるとでも思ったのか、王承恩が明るく報告をした。

凌遅の刑とは、刑罰の中でも最も重い刑とされており、叛乱の首謀者などに科されるものだ。存命中の人間の肉体を少しずつ切り落とし、長時間にわたり激しい苦痛を与えて死に至らす処刑方法だ。

皇帝の息子である朱由検に手出しをしたとあれば、当然の報いだ。朱由検は寝台の上で天井を見上げ、結果に満足して微笑んだ。

夜になって、もう一度高い熱が出た。王承恩たちが心配したが、朱由検には大丈夫だという確信があった。

この病に名がなくとも、懐允は大丈夫だと言ってくれているのだ。

翌日、朱由検の熱は下がり、無事に回復した。

6

井戸に落ちてから半月後の九月一日、朱由検は宮中の文華殿にて、懸命に史書を読んでいた。朱塗りの壁の前に、書架が幾つも並んでいる。広い机を使うのは朱由検だけで、少し離れた場所に二人の宦官が控えている。

「勤勉だなぁ」

ふふと笑い声がする。朱由検は視線を上げた。

懐允が机の端に座って笑っている。

朱由検は学問が好きなわけではない。ただ、自分の兄といえば書を読むのが苦手で、趣味の木工細工に没頭している。兄とは違って朱由検は、皇族として学ぶ機会があるのならば精一杯学ばなければならないと思っているだけだ。

そう口に出したくとも、懐允の他にも宦官がいる。

懐允との逢瀬にも慣れた。他人には見えない。朱由検だけに見える、冥府の縁者だ。

その時、王承恩が足早にやって来た。どこか青ざめた顔をしている。懐允がふわりと宙に浮きながら、振り返った。

「若様に、お伝えしたいことがございます」

「何だ？　話せ」

「皇帝陛下が崩御なされました！」

「……なんだと」

朱由検の父だ。即位したばかりの皇帝の死など、予期していなかった。その英邁さでもって旧風を払ってくれるだろうと期待されていた。

「本当だよ」

懐允が唇を持ち上げた。笑みを形作っている。

そうか。懐允は、私が父をどう思っているか知っているのだ。

朱由検は父を嫌っていた。憎んでいたと言ってもいい。母を殺して、寂しい場所に埋めた父の我儘なふるまいを嫌悪していた。

それに、父は子供に興味のない人だった。子供が何をしていようと、どうでもいいと思っていたのではないだろうか。自身がそうされてきたように。

とはいえ、皇帝だ。この世の神にも等しい人だ。どうして即位して間もなく、突然死ぬような事態になったのか。

「陛下のもとにゆかねば。ついて来い、王承恩」

「はい、若様」

「頑張って。またね」

懐允がくるっと舞って、掌に乗る大きさの丸い光になり、やがて姿を消した。

朱由検は駕籠に乗り、王承恩とともに、父の寝所がある乾清宮に向かった。北の方角に、長い道のりを行く。黄色い瓦に朱塗りの壁の荘厳華麗な宮殿が、数えきれないほど並んでいる。「紫禁城」は、天帝の宮城とみなされていた星座の紫微垣からでた言葉で、皇帝の居場所を意味する。この建物群は、皇帝権力の強大さを示す象徴だ。

道中、父との思い出を丹念に振り返ってみたが、心温まるものはひとつもなかった。

乾清宮に到着した朱由検は駕籠を降りた。数百人は収容できると思しき乾清宮の前には、宦官が並んでいた。

「いったい何があったのだ！」

「ああ、若様！　どうぞこちらへ」

老齢の宦官が駆けてきた。ふくよかな体で拝礼してから、朱由検を寝所に案内した。

寝所には鏡と机と椅子、調度品の数々、絵画などが飾られていた。

臣下が寝台の周りに集まり、慟哭している。

寝台の上には、皇帝である父が横たわっていた。血の気が失せた顔をしている。それ以外は眠っているように見えた。

死に顔を見ても、胸にある憎しみは消えない。朱由検はどこかで安堵しながら、宦官を睨み上げた。

「病床にあられたとは知らなかった。説明を」

「陛下は死の間際まで執務を続けておられました。症状が、下痢のみでしたので……鴻臚寺丞（外国使節の接待や朝貢を司る役所の役職）を務めていた李可灼が陛下に強く求められて、紅鉛丸を勧めました。一つ服用したところ陛下はご気分がよくなられました。ところが、もう一丸、飲んだところ、一晩の後、……崩御なさりました」

宦官が目じりを袖で拭った。朱由検は冷ややかな気持ちでその姿を見ていた。

「では、薬をたかが二錠飲んで亡くなられたのか？」

「はい、その通りでございます」

怪しげな薬だ。誰も、飲むのを諫めなかったのか。

「紅鉛丸など聞いた覚えがない。どのような薬だ！」

「処女の初潮の血に、夜の最初の露と、烏梅（若い梅の実の燻製）などの薬物を加え、七回煮詰めたうえで、秋石、紅鉛、辰砂などの鉱石、人乳、松脂などを加えて焙じて作る丸薬です」

「それは、下痢に効く薬なのだろうな」

宦官が少し言葉に詰まった。

「精をつける薬です」

「精をつける薬とはなんだ？」

「私の口からは……」

「隠し事をするのか！」

朱由検が迫ると、宦官が身を縮こまらせた。

「……いえ、そのようなつもりは……どうかお許しください」

「言え！　言わぬと許さぬ！」

「……閨房のための薬にてございます」

閨房と言われて、朱由検はやっと察した。狼狽えたが、すぐに我に返った。段々と怒りが沸いてきた。

腹を下していたというのに、閨での行為をするための薬を優先したのか？　とても考えられない。朱由検は嫌悪した。あえてこの薬を飲ませたのに理由があるのではないか。

「李可灼はどこにいる！」

「取り調べを受けております。ですが、李可灼は、二錠は過剰であるとお止めしたのです」

「過剰だと？　知っていたのか！」

「はい。何度も申し上げました」

ならばなぜ、二錠はいけないと言われていたのに飲んだのか。

一錠で気分が良くなったのなら、二錠飲めばもっと良くなると思ったのだろうか。

短気で妻を殺した人だ。衝動的に飲みたくなったのかもしれない。

だが、この国の皇帝だ。

「それならば、何があっても、陛下をお止めするべきであっただろうが！」

朱由検の叱責に、宦官が急いで平伏した。

「その通りです、若様」

「崩御だぞ……そなたらは取り返しのつかぬことをしたのだ！」

側にいたのであれば、父の性格を分かっていたはずだ。無理やりではなく、自分から呑むようにしむけたのではないか。死に至ると分かってやったに違いない。

朱由検はぎゅっと拳を握った。

先帝である祖父が亡くなり、父が即位して一か月しか経っていない。朱由検も殺されかけた。

明王朝の血脈が弱っている。朱由検は心の内で嘆いた。

朱由検は周囲の人の中で、兄の朱由校(ゆうこう)の姿を捜した。だが、見つからない。どうしていないのだ。後ろ暗いところでもあるのか。ならば明らかにしようと、兄の宮殿を訪ねることにした。

それに、十五歳の兄は皇太子として、次期皇帝になる。朱由検が頼りにできる人物の中で、最も権力を握っている。

これまで、母が違う兄とは交流が少なかった。兄は早々に後宮を出て、皇太子のための宮殿に移っていたからだ。

7

駕籠に乗り、朱由検は唇を噛んだ。兄の所まで、遠い。宮廷は広大だ。朱由検は焦(じ)れて、ひじ掛けを指でとんとんと叩いた。

馬に乗って駆けられたら良いのに。

だが、そのようなふるまいは許されていない。駕籠に乗って、待つしかなかった。

ようやく皇太子の宮殿を訪ねた朱由検は、客室に通された。女官が茶を持ってきた。だが、今は誰が淹(い)れたか分からない茶を飲める心地ではない。

「兄上は、父上にお会いしましたか？」

「ああ、先程ご尊顔を拝して来た」

朱由校は黒い髪を一つに纏(まと)めて、ゆったりとした布衣を着ている。瞳は大きく、肌の色は白い。父には似ていない。母親に風貌が似たのだろう。

「ならば死のわけもお聞きになったでしょう。兄上、愚か者たちの油断なのか、丸薬に何か異常があったのか、分かりません。詳細に調査すべきです。もし、何者かによる策謀ならば、見つけ出し厳罰に処罰しなければ！」

朱由検は、朱由校に迫った。

朱由校は目をあわせようとしない。

こっちを見よ。

朱由検は兄の顔を両手で挟んで、自分のほうに向けたい気持ちになった。

「そのように断言はできぬだろう。策謀などとは」

朱由校が人払いを命じた。側に控えていた臣下たちが部屋を出ていく。朱由検はその姿を目で追った。

誰にも聞かれたくない話か。

しかし、朱由検の中に潜む猜疑心は少しずつ膨らんでいった。

朱由検は朱由校を見据えた。自分より五歳年上だが、不安を覚える人だ。

この人が次期皇帝なのか。先が思いやられる。しっかりしてくれ。

だが、同時に、このやる気のなさならば、父を謀殺したりはしないだろうとも思えた。

「兄上、まず丸薬を勧めた李可灼を調べてください」

「それは当然そうする」

「李可灼のほかに、薬を勧めた者はいるのですか？」

「……ああ、いるそうだ」

朱由校が言いよどんだ。

いるのか。どうして話してくれなかった。

朱由検は追及の手を休めなかった。

「誰でしょうか」

「大学士の方従哲も、薬を飲まれるのを止めなかったとか」

「ならばそやつも同罪です！」

朱由検が声を上げると、朱由校は煩わしそうに顔を顰めた。

父に薬を飲ませた男たちだ。罪に問われるべきだ。

肉親が殺されたかもしれないというのに、どうしてそんな面倒くさそうな顔をなさる。朱由検には理解できなかった。

「罪があったとは限らぬ。由検よ、あまり騒ぐではない」

たまらずといった態度で朱由校が朱由検を窘める。朱由検は耳を疑った。

「何を……おっしゃっているのですか？」

「いつ私たちも同じようになるかもしれぬという意味だ」

朱由検は絶句した。それから、額を押さえた。波風を立てたくないというわけか。

確かに、目立ったことをして、自分も毒殺されてはかなわない。朱由検も命を狙われているのだ。だから、さっきは飲む茶に何か入れられてはかなわないと敬遠した。

「後宮に、幾人もの妃がやってきたのを知っているか？」

「話は聞いております……」

祖父である万暦帝の寵姫であった鄭貴妃が、祝いと称し連れてきた美姫達だ。自らの産んだ万暦帝の三男である福王朱常洵（じょうじゅん）を帝位につけたいと願っているというのも、以前から流れてきた噂で聞いたことがある。

後宮に無頼漢が侵入した事件もあったが、その時に関係を疑われたのも鄭貴妃だった。

「……父上の加減が悪くなったのはそこからだ」

「そんな」

「丸薬も、それを治すための薬だったそうだ。快癒を願って飲んだのだろう」

それを聞いて罪がなかった、とは到底思えない。

しかし、確実に自分や、おそらくは兄の命も狙われているのだろうと確信した。

「分かりました。気をつけてまいります」

朱由検は兄のもとを辞した。駕籠に乗って、自分の宮殿へと向かった。道のりがいつもより長く感じる。これほど長かっただろうか。

「いつ私たちも同じように、か」

兄の言葉を思い返して、朱由検は顔を顰めた。

宮殿に戻ると、朱由検は書斎に向かった。王承恩に命じて人払いをして、虚空に呼びかける。

「懐允」

朱由検はぐっと拳を握った。

「なあに？」

光が集まり、中から懐允がふわりと現れた。

「聞いていたか？」

「何を話していたかは知ってるよ」

「臣下は誰も信じられない。皇帝さえも殺そうとする」

「それなら、どうするの？」

懐允が小首を傾げた。

「身を守らねばならない。軽率なことはしないようにするんだ」

「君がそう決めたなら、応援するよ」

懐允がにっこりと微笑んだ。

朱由検は懐允の側に近づいた。できることなら抱きしめたかった。

「信じられるのは、そなただけだ」

懐允はずっと側にいてくれる。朱由検を裏切ったりしないはずだ。

8

泰昌元年（一六二〇年）九月六日、青空が広がる中にたくさんの旗が風に吹かれており、華やかだった。

泰昌帝のあとは兄の朱由校が継ぎ、皇極殿で即位した。

皇極殿は、巨大な柱が建物を支える、紫禁城の中で最も大きい建物だ。楽隊が相次いで演奏して、香の煙が宮殿内外に漂い、厳かな雰囲気だ。

朱由検は深衣を纏い、玉座に座る朱由校を見つめた。

兄の朱由校は明朝に伝わる立派な黄色の龍袍を着ている。龍袍には、さまざまな色の刺繍（ししゅう）が施されており、豪奢（ごうしゃ）なものだ。

新たな皇帝の誕生だ。どんな政（まつりごと）を行うのだろうか。朱由校が面倒を避ける性格というのはもう分かっている。

「皇帝陛下、ご即位おめでとうございます」

朱由検が声をかけると、朱由校はどことなく遠い目をした。

まるで、望んでいない事態が起こったかのようだ。

「ああ、ありがとう」

声にも覇気(はき)がない。

「私も皇帝陛下をお支えしてまいりたいと思います。何かありましたら、すぐにお声がけくださいませ」

すでにもう朱由校の関心はこちらにはないようだ。

望んでないにせよ皇帝陛下になるのだ。朱由検は朱由校に期待した。だが、十歳の朱由検を頼る真似はしないだろう。それでも、皇太后もおらず、母もいない。何の後ろ盾もない皇帝となった兄に、自分のできることをして支えたいと思った。

朱由校が軽く手を挙げた。足音もなくすばやく進み出てくる太った宦官がいた。朱由校が何事かを告げる。太った宦官は笑みを浮かべたまま、頷いた。

じっと見つめていると、宦官が視線に気づいた。そのまま笑顔で素早く朱由検のほうに近づいてくる。

「いかがなさいましたか？　私でお役に立てることがございましたら」

なんなりと、と宦官は拝礼した。美声だ。それに、よく気の付く宦官だ。朱由検は父親よりも年齢の高い宦官を見上げた。

「そなたの名は？」

「魏忠賢（ぎちゅうけん）と申します」

「そうか。陛下を頼む」

「もちろんでございます」

魏忠賢が再び拝礼をした。

朱由検は皇極殿を出た。自分を待っている王承恩を見て、先程の魏忠賢のことを思い出した。兄に仕える宦官だ。ずっと微笑みを浮かべていた。まるでそういう仮面をつけているようだったなと朱由検は思った。

9

十二月二十五日、朱由検は後宮にある自分の宮殿で、書籍を読んでいた。昨日から読み始めたが、もうすぐ終わりそうだ。

「若様」

王承恩の声がした。書籍に夢中になって、昼食をとっていないことを知られたか。そんなことでは体を壊してしまいます、などと小言を言われるかもしれない。もう二刻もしたら夕食だ。そこで食べればいいと朱由検は思っていた。

「話を聞いている暇などない、下がれ」

朱由検は本から目を離さずに告げた。王承恩が溜息をついて側に控えることにするだろうと予期した。けれど、そうはならなかった。

「若様、李可灼と方従哲が無罪放免となりました」

朱由検は書籍を置いて、王承恩を見つめた。

「何だと！　明らかに怪しい薬を飲ませておいて、無罪だとっ？」

どうしてそんな話になるのか微塵も理解ができなかった。王承恩が真剣な眼差しをしてさらに続けた。

「先帝が強く望み、李可灼を捜してまで薬を処方させたことは明白でしたので、二人には罪はないとの判断が下されました」

「そのようなこと……なんたること……」

朱由検は椅子に背を預けて、額を押さえた。

さらに、と王承恩が言い出した。

「紫禁城では、陛下が新しい建物を造られるようです」

「またか！」

朱由検は机を叩き、椅子から降りた。

朱由校の大工趣味は度が過ぎている。毎日工具を持って、家具から建物から好きなように作っている。

皇帝は大工ではない。皇帝にしかできない仕事があるはずだ。それを疎(おろそ)かにしている。

だが、誰も諫める者は側にいないのだ。

ならば私が行くしかあるまい。

「陛下のもとに向かう！」

朱由検の言葉に、王承恩が頷いた。

宮殿を出ると、曇り空を夕日が照らしていた。雲間から青い空が覗いている。白い月が浮かんでいるのも見えた。身がぶるっと震えた。思っていたよりも寒い。石畳にうっすらと雪が積もっている。

朱由検は駕籠に乗り込んで、皇帝の宮殿を目指した。

なんと話せば良いのだろうか。

大工趣味を止めて、執務に専念してほしいと言っても聞き入れられまい。むしろ、怒らせてしまう可能性がある。それではいけない。

自ら進んで政務に取り組むように促したい。

「ああ、どう言えば良いのだ」

だが、やるしかない。

10

皇帝の宮殿まで半刻ほどで着いた。朱由検は駕籠から降りた。

空には夕闇が広がっていた。月の輝きが増している。相変わらず冷たい風が吹いてくるが、今は寒いとは思わなかった。使命感に燃えていた。

朱由検は王承恩を連れて宮殿の階段を登り、衛兵たちが守る扉を潜る。

宦官たちが気づいて朱由検に拝礼した。

宮殿の中はとても暖かかった。地炉の熱気が通路を抜けて各宮殿に行き渡り、部屋を暖めているのだ。煙も灰も生じない優れた暖房設備は、床だけでなく壁も暖かくなるように設計されている。

「よく来たな、由検」

朱由校は黄色い服を着て、穏やかな表情をして朱由検を迎えた。

「陛下にぜひお会いしたくて」

「そうか」

朱由校がふっと微笑みを浮かべた。朱由検は笑える気分ではないと思った。

「政はいかがですか？」

「滞りないと聞いている」

朱由検の物言いに、朱由検は強烈な違和感を覚えた。

「それは……、誰にお聞きなのですか？」

「魏忠賢だ。政は魏忠賢に任せているからな」

魏忠賢とは、皇極殿で会った宦官だ。

陛下、何をしているのですか！と怒鳴りつけてしまいたくなった。朱由校は国の政を宦官に任せきりなのだ。

「この国の主は、皇帝陛下なのですよ？」

「分かっておるわ」

本当ですかと問うのは不敬だ。

朱由校が椅子の肘掛けを指で叩き始めた。

苛立ちを覚えているのか。

聞きたい話ではないのだろう。何も考えたくないのかもしれないが、皇帝であるならば考えなければならないはずだ。

けれど、これ以上、この話題を続けるのも難しい。

憤り(いきどお)をなんとか押し隠しながら、朱由検は朱由校とともに夕食をとった。腹はすいているはずなのに、食べたいという気持ちにはなれなかった。だが、皇帝陛下と一緒なのだから、食べないわけにはいかない。

「また参ります」

「いつでも来るがよい。そなたは朕(ちん)の唯一の弟なのだからな」

慈愛に満ちた瞳だ。大事に思われているのが伝わってくる。嬉しい。胸が温かくなってくる。

朱由検もまた、兄に親しみを覚えている。

だからどうにか支えたいのに……。

腹に食事を詰め込んで、朱由検は皇帝の宮殿を後にした。空は暗く、星が浮かんでいた。煌めく月を見て、どうしてこうなってしまうのかと朱由検は内心で嘆いた。

朱由検は駕籠に乗り込んだ。揺られながら、まったくの徒労だったと思った。

宮殿に戻り、居室に入ってから、王承恩に政治の状況を問いかけた。読みかけの書籍など、今はもう気にならなかった。

「宮廷は宦官の魏忠賢一派が猖獗を極めているのです」

王承恩が拝礼して告げたので、朱由検はぐっと拳を握った。

「魏忠賢とはどのような人物なのだ？」

「彼は無頼漢上がりで、賭博に負けて掛け金が払えずに、自分の男根を差し出した男です。食い詰めて宦官に応募し、その男前と美声をもって、我が君の乳母客氏に気に入られました。そこから二人で、我が君に進言をするようになり、重用されて今の地位におります」

「陛下は何をなさっている。百官たちはそのような状況を見過ごしているのか」

「いえ、そのようなことは決して。ただ、陛下は朝議にお出ましになりませぬゆえ……」

なぜだ、と朱由検は言いかけて言葉を飲み込んだ。兄が趣味の木工に打ち興じていることを苦々しくは思っていた。だが、まさか政を放り出すまでに没頭しているとは。

先ほど会った兄の顔を思い出す。憂いのない、穏やかな顔だった。当然だ、重責から逃げているのだから。

「陛下に諫言する忠臣はおらぬのか」

「恐れながら、声はすべて魏忠賢に阻まれております」

「なぜだ」

今度は声が抑えられなかった。叫びだしたかった。皇帝とは一天万乗の君ではなかったのか。誰とも比肩されることのない絶対者ではないのか。その地位にある者がなぜ、ここまで成り下がってしまっているのか。国家を壟断しようとする不届き者など、一言で追い払ってしまえるはずなのに。

「ああ、なんということだ！」

このままでは、人前で怒りを爆発させてしまう。

「さがれ、王承恩。一人にしてくれ」

「……かしこまりました」

王承恩が部屋にいた宦官たちを退出させてから、自分も出ていった。

「懐允！　今すぐに会いたい！」

朱由検が虚空に呼びかけると、光を纏い、懐允がにこやかに微笑んで現れた。宙にふわりと浮かんでいる。手を伸ばすと、指先に触れそうなほど近くに近づいてきた。だが、衣擦れの音はしない。

「我が兄ながら、暗君である」

朱由検は懐允に胸の内を吐露した。

「君が帝位に就けば良いのにね」

その言葉は、危うさを含んでいる。兄の死を望んでいるともとられかねない。けれど、懐允の存在は誰にも見えない。

「私が帝位についたなら、政をおろそかになど、しない。父のようにあえなく殺されることもなく、兄のように現実からも逃避せず、後世に名を残す名君になってみせるのに！」

「そうだよね。君のほうが、黄色い服が似合う」

懐允の言葉に、朱由検の脳裏には、兄が着ていた皇帝の色を使った衣服が浮かんだ。あの衣を身に着けるなら、自分のほうがふさわしい。

「だが、私は兄を弑いてまで玉座に昇ろうとは思わぬ」

「そんなことをする必要はないよ」

「何？」

「全ては天の定めだ。やがて分かる。君はただ享受すればいい」

懐允の囁きは甘露のようだ。朱由検の乾ききった心に滴り落ち、染み渡る。

懐允と話す機会をどれだけ待ち望んでいるだろうか。懐允と話している時だけ、自分の心情が分かる気がする。何を望んでいるか、そのために何をすればいいか、道がはっきりと見えてくるのだ。

第二章　奸臣

1

兄が即位した翌々年の天啓二年（一六二二年）、十二歳の朱由検は信王に封じられた。後宮を出て、紫禁城の外にある信王府に居を移した。

信王になったからといって政治的な大任を任せられた訳ではない。朱由検自身も行ったことといえば、母の劉氏に賢妃の称号を贈ったくらいだ。皇帝である兄の朱由校に倣うように、朱由検は密やかに生きていた。

だが、政の情報を集めることは怠らなかった。

数名の従者を連れて市街地を巡り、自分の目で民のありかたを観察した。

宮廷では、魏忠賢による東林党の大弾圧の嵐が吹き荒れている。

今朝も王承恩から、「楊漣が投獄されました」という報告を受けた。

楊漣は東林党の中心的人物だ。清廉派と呼ばれ、宦官達とよく対立していた。

後から知ることになったが、鄭貴妃は父の死に関わっていたと考えられており、楊漣は薬房を司っていた宦官崔文昇を声高に糾弾していた。寵姫達の夜の相手をするために、父はすでにいくらかの薬を飲んでいたのだ。兄の言っていた時期とも重なる。

李可灼と方従哲の疑惑についても同じだ。楊漣は追及の手を緩めることはなかった。

兄の即位の際も同じだ。宮中を牛耳ろうとした宦官たちは、父帝の寵姫である李選侍を兄の後見人としようとした。楊漣は激しく憤り、兄の身柄を皇帝の住まいである乾清宮へと移して、即位の儀に繋げたのだ。

楊漣という男は、宦官の中で力をつけはじめていた魏忠賢にとって、煩わしい存在だったのだろう。

血なまぐさい排斥の鎌は臣下や官吏だけでなく、一般庶民までもが対象となっていると聞いていた。

処刑場に向かうと、枷を着けられた男たち三人が魏忠賢への恨みを叫んでいた。周りの者たちも同情の目で男たちを見ている。

男たちの罪状が述べられるが、「嘘だ！」と男たちが叫んだ。だが、結局は首を跳ねられて殺されてしまった。

信王府に戻ると、王承恩が険しい顔をして待っていた。

「周順昌は獄死した模様です」

朱由検は愕然とした。

周順昌は清廉潔白な人物であり、仇の如く悪を憎んでいた。かつて魏忠賢にはめられて投獄された時、蘇州(そしゅう)の民衆が激怒して身柄を奪還しようと蜂起し、役人二人を打ち殺したほどだ。それほど民に愛され、徳の厚い人物だ。再び捕らえられて、今度は獄死したのか。

「兄君は……、いや、皇帝陛下は何をされているのだ。忠臣を殺されて一体何を」

朱由検の言葉に、王承恩が答える。

「朝議は本日も開かれておりません」

「なぜだ」

「陛下がよきに計らえと」

「魏忠賢の好きなようにさせてやっているというのか！」

「そのようです」

「愚かな！」

朱由検は憤(いきどお)った。皇帝が真摯(しんし)に政に向きあえば、魏忠賢などに好き勝手されることはない。だが、それを望むことは難しい。

魏忠賢による排斥で獄死した者は大勢いる。これからさらに増すだろう。守らねばと朱由検は思った。

「学者から聞いたのだが、徐光啓という男を聞いたことがあるか？」

「いいえ、存じておりませぬ。申し訳ありません」

王承恩が深々と頭を下げた。知らなくて当然かと、朱由検は腕を組んだ。

「天下の人々のため『衣食を豊かにし、飢寒をたつ』という考えを持っている農学者で、暦学者でもある人物だ。西洋的な知識もある。礼部右侍郎に任命されたが、魏忠賢派の智鋌に弾劾されて今は野に下っている。なぁ、徐光啓を我が信王府で重用できないだろうか？」

「魏忠賢派に眼をつけられているというわけですね」

「そうなるな」

朱由検の肯定に、王承恩が難しい顔をした。

「殿下、今の時点で動くと、それこそ処刑の対象になりかねないかと」

「なぜだ？」

「弾劾で済んで良かったというべきでしょう。危険視されていることは確かですし、その人物が皇帝の弟に接触を図ったと知れたら、魏忠賢に何を思われるか……」

「徐光啓を守るつもりで、殺しかねないと言うわけか」

「はい、殿下」

朱由検は顎(あご)に手をあてた。王承恩の言葉通りだ。魏忠賢ならきっとやる。徐光啓が死んでしまっては困る。

自分もまたそうだ。大人しくしているからこそ、魏忠賢は動かず、今のところ安全なのだ。

「いまは耐える他ないか」

「はい、そのように思います」

王承恩の言葉に、朱由検は奥歯を嚙(か)みしめた。このままでは国土を怨嗟(えんさ)の声が覆(おお)うだろう。

「客(かく)氏は相変わらずか」

兄の即位の際、後宮で実権を握ったのは魏忠賢ばかりではない。乳母の客氏もまた、絶大な権力を手にした。はからずも、李選侍を失脚させたことにより、客氏が後宮での力を得ることになったのだ。

「魏忠賢との関わりは断たれておりませぬ」

朱由検に問われるが、王承恩は明確な話を避ける。あえて追及はしなかったが、口の中に苦いものが込み上げてくるのを感じた。

宮中において、客氏と魏忠賢との爛(ただ)れた関係を知らない者はいないだろう。乳母として育てた子を見守るどころか、見捨てているも同然の振る舞いと言っていい。信じたくないが、兄の子供が育たないのは彼らが手を下しているからという噂さえある。凡愚な皇帝の世が続く限り、彼らは安泰でいられるのだから。

「ああ、なんということだ。陛下の周りに、誠意をもってお支えする者がいない！」

国を維持し、民を導かねばならないはずの王宮が、惑乱の極致となっている。何とかしたいと思っても、今の朱由検にはその力がない。

悔しい。まだ十二歳であるということがもどかしい。

朱由検は王宮の方角を見つめて、拳を握った。

2

天啓三年（一六二三年）、八月三日、昼間から熱い光が差しこんでいた。夕方になって、ようやく涼しくなってきた。朱由検は書物を読んでいたが、手元が暗くなってきたので、窓の外を見た。薄紫の空が広がっている。月が浮かび、星が見えた。

ふと、王承恩と高起潜が話している姿が見えた。高起潜は三十代半ばで、少し太っている。信王府に移った時に、世話係として後宮から寄こされた宦官だ。

「おまえたち。そこで何の話をしておる。こちらへ参れ！」

朱由検は声をかけた。

王承恩と高起潜が窓越しに振り返り、驚きの顔をしているのが見えた。なんだ、聞かれたくない話か。信王府において、主に内緒ごととは許されぬ。朱由検は苛立ちを覚えた。

「殿下、お呼びですか」

王承恩と高起潜が走ってきて、拝礼をした。

「そうだ。何を話しておった」

高起潜がちらりと王承恩を見やる。その態度にさらに苛立ちが増した。

「さっさと話せ！　隠し立てはするなよ」

王承恩がにこりと微笑んだ。その落ち着いた態度を見ていると、やましいことなど何もないとでも言っているように思えるが、話を聞いてみるまでは分からないという素振りで答えを待った。

「舟遊びの話でございます」

朱由検はその答えに、ある人物の顔が浮かんだ。

ただの舟遊びではあるまい。宦官たちが噂する程なのだから、かなり豪華な規模だろう。

「皇帝陛下か？」

「魏忠賢と客氏です」

朱由検は眉を顰めた。魏忠賢は、東廠（諜報を司る宦官の特務機関）の長官となったばかりだ。今まで以上に、自分の意にそぐわない者を次々と粛清している。元は官吏の不正や造反を内偵する組織であったが、すでにその範囲は民間、農村の些末事にまで及ぶようになっている。

「話せ」

高起潜が「はい」と拝礼をする。

「魏忠賢は客氏を伴い船遊びに出ました。その道中に嵐にあいましたが、皇帝陛下よりも大きな船に乗った彼らは無事であり、逆に皇帝陛下の船が傾いたありさまだったそうです。幸い、皇帝陛下はご無事でありましたが」

朱由検は奥歯を噛んだ。皇帝の身が危うくなったのか。魏忠賢たちは何を考えている。皇帝よりも大きな船に乗るなど不遜極まりない。

皇帝も、なぜ魏忠賢たちを自由にさせている。

「わかった。もうよい、下がれ」

「仰せのままに」

朱由検は王承恩と高起潜に人払いを命じた。

「懐允、いるか？」

人の気配がなくなり、あたりが静まりかえってから、懐允の名を呼んだ。

部屋の片隅にある闇の部分に、光が生じた。光は球体を描きながら集まり、膨らんで弾けた。

「いるよ」

懐允が宙に浮きながら、朱由検の側に来た。

「そなたは言ったな。私はいずれ、帝位に就くと」

「ああ、言ったよ」

「ではそれまで、私は生き延びねばならぬのだな。死者が玉座に就くことはない。ならば私は生きねばならぬ」

朱由検は、かつて子供の頃に見た涸井戸の底を思い返した。何者かの手によって落とされた時、飲み込まれるのだと思った。

殺意や悪意、なおかつ何者かの思惑に抗うこともできず、ただ飲まれて消えてしまうのだと思った。

そうなってはならない。

魏忠賢の権勢には今や誰も対抗できない。兄ですら逆らうことは考えていない。ただの信王である自分にいったい何ができるだろうか。

今は耐える時だ。どこで何が行われているか、忘れずにいることだ。

懐允の言うその時まで、全てを覚えていることだ。

「私は死なない」

朱由検は言い聞かせるように呟(つぶや)く。

「そうとも」

懐允は、うっそりと笑って頷(うなず)いた。

「君は死なない。大丈夫だ、私が死なせない」

「懐允、そなたが側にいてくれてよかった」

朱由検の胸の内で、懐允の言葉が煌(きら)めいた。

3

天啓六年（一六二六年）、十一月二十日、午の刻、朝から小雨が降っていた。信王府では、美貌をもって選ばれた十六歳の周氏との婚礼が行われた。

周氏は書画をよくし、医書を諳んじる才女だそうだ。

十六歳となった朱由検はちらりと横を見た。並んで歩く周氏は、髪をひとつに纏めて、簪を差して、化粧をしている。眼差しは穏やかで、口元が上品だ。朱由検と同じく、朱の衣を纏っている。

朱由検と周氏はともに信王府の母屋に繋がる階段を登り、正面から部屋に入った。周氏と東西に分かれて着席する。

「おめでとう。似合いの二人だ！」

朱由校を始め、周囲から大いに祝福された。

周りが決めた女性だ。朱由検が望んだわけではない。

だが、そういうものだしな。

朱由検は平静だった。

まもなく、料理が用意された。海のものから山のものまで使った豪華な料理が、卓の上に何皿も並べられた。

食事が始まると、音楽が奏でられ、祝いの舞いが披露された。朗らかな笑い声が上がる。集った人間の中には、見知った顔と見知らぬ顔がある。だが、誰しもが賑やかに微笑んでいた。

それに引き換え朱由検の気持ちはゆっくりと沈んでいった。満足していることを示すためにも何か食べなくてはならないということは分かっている。卓の上に並べられた皿の中から、蒸した白身魚を口に運んだ。口の中に葱(ねぎ)と油と醤(チャン)の甘い香りと、ふわりと柔らかい身の芳醇なうまみが広がっていく。だが、次を食べる気力がわかず、箸を置いた。

「どうした」

懐允がふわりと現れた。にっこりと微笑んでいる。美しいと朱由検は思った。これほど美しい存在は他に知らない、と。

朱由検の意識は、懐允に集中する。人々の声は遠ざかり、風景も見えなくなる。懐允の姿だけが鮮明だ。

「なぜそんなにも鬱(ふさ)いだ顔をしている？　今日は君にとって最良の日であるのに」

「そなたが、それを言うのか」

朱由検は低く呟いた。

その声は小さく、耳にした者は誰もいなかっただろう。

「王承恩よ、少し一人になりたい」

呼びかけると、すぐに王承恩が側に来た。

「食事に何かございましたか？」

王承恩は、手つかずのまま残された皿を見て、心配そうな瞳をした。

「あまり食べる気がしない。緊張しているのかもしれぬ」

結婚が憂鬱なのだとは言えない。朱由検は適当な言い訳を告げた。

「それでは、部屋に向かいましょう」

「ああ、そうする」

朱由検は自室に戻った。懐允も一緒だ。王承恩が部屋を出ていく。

「私は扉の外でお待ちしております」

扉が閉じられる音がしてから、朱由検は拳を握って机を叩いた。

「私の望みを知っているのは、他ならぬ、そなたであろうに！」

「知っている」

「では、何故最良の日などとありえぬことを言う！」

朱由検は声を荒らげた。

懐允との会話はいつも胸が弾むが、今日だけは違う。

「私が望む者はそなただけであるのに」

「それは無理だ」

絞り出すようにして言った願いを、懐允はあっさりと否定する。

「その願いに私は応えられない」

「なぜだ」

「なぜって、君は分かっているはずだ」

歯牙にも掛けず否定されて、朱由検は呻いた。

そうだ、自分はよく知っている。

朱由検は懐允に触れることはできない。どれだけ言葉を重ねても、姿を目に焼きつけても、手を取ることさえできない。妖の作る幻のように、懐允の姿はいつも確かな形にはならない。

「大きくなったね、君は。もう立派な大人だ。背も私を追い越して、逞しく成長した」

「そなたにつり合うだろう？」

「もったいないくらいだよ」

「だけど……私では、そなたの伴侶にはなれないのだろう？」

「側にいるよ」

懐允が囁く。

側にいるだけでなく、温もりも欲しい。

懐允が言った通り、もう子供ではない。

朱由検の背は懐允を越えた。けれどそう言ってしまうと、懐允が離れて行く気がした。

我慢したほうが良い。耐えるべきだ。

だが、朱由検は懐允を諦めきれなかった。

「……そなたと寄り添いたい」

「それならできている」

確かに誰よりも近くで寄り添っていてくれる。だが、違う。求める形はもっと確かなものだ。

「我が妃になってもらいたい！」

懐允が眉を顰めた。

「それは無理だなぁ」

懐允が腕を組んだ。口調には棘がある。初めて聞く声音だ。どうやら機嫌を損ねているらしいと雰囲気で伝わってくるが、朱由検は思いの丈を口にせずにはいられなかった。

「そなたに触れたい！　温もりが欲しい！」

「君さ」

懐允が腕を組んで、宙に浮かびながら、じっと朱由検を見下ろしていた。

「あまり、無理ばかり言わないでおくれよ」

ふいと横顔を向けると、そのままふっつりと懐允は消えてしまった。

「懐允……懐允……！」

いくら名を呼んでも現れない。

怒らせてしまったのか。

朱由検は呆然とした。愛しいから触れたい、側にいてほしいと言うのは良くないことだったのか。それでも、本当に、出会った時から、魅了された。年月を重ねても懐允を慕う気持ちを募らせるばかりだった。朱由検は懐允を諦めきれない。

他の女性との結婚式は、朱由検にどれだけ懐允が好きか気づかせただけだった。

朱由検は王承恩とともに婚儀の間に戻った。

椅子に近づくと、先に戻っていた周氏が朱由検に気づいて微笑んだが、笑い返す気力はなかった。

懐允、懐允、戻ってくるよな。

朱由検の頭は、懐允のことでいっぱいだった。

宴の光景をぼんやりと眺める。宴の主役だと分かっているが、他人事のようだ。

懐允、懐允、待っておるのだぞ。

宴が終わっても、夜になっても、朱由検の心を占めているのは　懐允だった。

由検は周氏の部屋に向かうよう、王承恩に促された。

虚しい……。

朱由検は婚礼の衣装のまま、重たい足取りで屋敷の中を歩いて、周氏の為に誂(あつら)えた部屋の扉を叩いた。まもなく女官が出てきた。女官は朱由検を見て、にっこりと微笑んだ。

「お待ち申し上げておりました」

朱由検は女官にひとつ頷いて、周氏の部屋の中に入った。居室と寝室が繋がっている。部屋の中は温かくなっていた。

周氏に婚儀の疲れはないのか、豪奢(ごうしゃ)な衣装は脱いだが変わらず優美な佇まいで、居室の円卓で茶を飲んでいた。

周氏は朱由検を見て立ちあがり、拝礼をする。

「殿下、これからよろしくお願いいたします」

「あ、ああ」

これが自分の妃か。実感がわかない。見上げる視線は落ち着いている。よくしつけられているのか、戸惑いや迷いは見られなかった。

「よろしければお茶でもいかがですか？」

「頂こう」

朱由検は卓に座った。周氏自ら茶を淹れてくれる。

このまま茶を飲んで自分の部屋に戻りたいが、婚儀の夜だ。性交をせねばならないのだろう。だが、その気になれない。

懐允でないと嫌だ。私が愛しているのは、懐允だ。

「私たち、同い年ですね。同じ十六歳」

「そうだな」

そういえば、懐允は何歳なのだろう。初めて見た時から、姿かたちは変わっていない。最初は年上で身長も高い人だという印象だったが、いまでは朱由検のほうが追い越した。不思議な人だ。人という表現も相応しくないのかもしれない。美しい夢幻のような存在。けれど、何歳であろうと、何者であろうとかまわない。側にいてくれるのならば、それで良い。はたして、戻ってくれるだろうか。

「私は、良く殿下にお仕えしたいと思っております」

周氏が立ちあがり、朱由検の前に立った。そっと手を握られる。寝台のほうに誘われる。しかし、朱由検は立ち止まった。

「駄目だ。できない」

「緊張なさっておいでですのね。よかった……私もなんです」

違う。周氏が懐允ならば、朱由検は心のままに肌を重ねただろう。

しかし、今は周氏の言葉を助け船とする。緊張しているからだとしておこう。

「そう、だ。だから……」

寝台に行くことはできない。朱由検の悩みを察したのか、周氏が穏やかに微笑んだ。

「よろしければ、二人で眠りませんか？」

眠るだけならば、良いか。二人で時間を過ごしたとあれば臣下たちに面目も立つ。

初夜に周氏一人きりにしていては、周氏の立つ瀬がなくなる。性交の有無は知られるだろうが、そこは朱由検の意気地がなかったとでもすればいい。

「う、うむ」

周氏が寝台に横たわった。掛け布団を持ち上げて、朱由検の場所を示してくる。朱由検はその場所に向かった。誰かと褥(しとね)を共にするのは物心ついてから初めてだ。周氏の隣で真っ直ぐに寝た。もし周氏が手足を絡ませてきたらどうしようかと思っていたが、そういうこともなかった。

周氏の覚悟は決まっていたはずだ。

だが、朱由検のことを気遣って、朱由検に合わせてくれたのだ。

優しい女だと朱由検は思った。

4

朱由校の子供が全て薨(みまか)った。本当に夭折(ようせつ)なのか、何者かの策謀があっての結果なのかは分からない。

ただ、朱由検には、将来の皇帝となる見込みが大いに出てきた。それが知れ渡ったのか、次々と各地から朱由検のもとに、側室候補が集まった。将来皇帝となる者に嫁がせておけば、後に大きな利益が得られるかもしれないからだ。

「信王殿下、美貌の娘で馬術に秀でております」

「殿下、足が小さく、頭も良い娘です」

朱由検は思惑を察しながら、後宮の宦官が勧めるまま女たちを側に置いた。

懐允でなければ、誰でも同じだ。

夜に昼にと名を呼んでいるがいまだに懐允は現れない。恋しさが募る。

そんな折、側室とした女の中でただ一人、心が動いた存在がいた。田秀英（でんしゅうえい）という名の女だった。どことなく懐允に面影が似ていた。

天啓七年（一六二七年）、五月二十八日。婚儀の夜、朱由検は田秀英の部屋に向かった。緊張していたが、恐れではなかった。田秀英の容姿をもっと近くで眺めて見たかった。

扉を叩くと、女官たちが開いて朱由検を部屋に誘（いざな）った。

奥の寝台に腰かけて、田秀英がふふと悪戯っぽく笑った。

「殿下、やっと来てくださいましたのね」

「……ああ。そなたを見たくて」

声は違うが、やはり、目鼻立ちが懐允に似ている。黒い髪に瞳をして、白い肌だ。

纏足（てんそく）した小さな足と、すらりとした肩も懐允を思わせた。

「懐允」

そっと呼びかけてみる。もしかしたら、朱由検の願いを聞き届けて、人間の身になって現れたのではないだろうか。

「何とおっしゃいました？」

朱由検の望みはあっけなく絶えた。

「いや、なんでもないのだ」

「待ち焦がれておりました」

うっとりとした表情で、田秀英が笑う。瞳の奥にどことなく野心が見てとれた。笑いかたも、懐允とは違う。

「そう、か」

「まだ、どなたとも情を交わしておられぬとか」

「ああ、そうだ」

「私ではどうです？」

自信に満ちた視線で見つめられた。断られるとは微塵も思っていないような目だ。

懐允はこんな態度をとらない。

懐允はこんな視線で見てきたりはしない。

違う。何もかも違う。

けれど、朱由検は黙って秀英に手を伸ばした。田秀英はその手を摑むと、己の胸に押しあてた。触れたことのない柔らかさに、やはり懐允を想ったがより強く不在を思い知らされる。

朱由検は、懐允には求められない温もりを田秀英に求めた。

温かかったが、次第に虚しさも覚えた。似ていても、懐允ではない。どうしようとも、その事実は変えられない。

それでも、懐允の代わりに田秀英と情を交わした。

5

田秀英と交わって、朱由検は気づいた。あれほど懐允と似ていても、やはり本物の愛にはなりえないのだと。

そう考えると、懐允でなければ誰でも同じだと思えた。

朱由検は田秀英と情を交わした次の夜、周氏の部屋を訪ねた。朱由検が周氏の部屋を訪ねるのは、婚礼の夜以来だった。

訪れの理由に、田秀英がいることを、周氏は察しているに違いない。

けれど、にこりと微笑んで、酒を勧めてきた。

朱由検は周氏の隣に座り、杯を呷った。

「それで……」

周氏がぽつりと言った。朱由検は周氏の手を取った。

視線が交わった。

言葉にされなくても、周氏に求められているのを感じた。

「寂しい思いをさせた」

朱由検は周氏の手の甲に唇を落とした。

「あっ」

周氏の愛らしい声が降ってくる。

朱由検は立ち上がり、周氏もまた立った。

ともに歩んで寝台へと向かう。

周氏を横たえて、その隣に滑り込んだ。周氏の香りが強くなった。周氏の襟に手を入れて、そっと開いていく。すると、手を押えられた。

「自分で脱ぎますわ」

田秀英とは違う。手順が違う。

周氏は自ら一糸纏わぬ姿になって、にっこり微笑んだ。

朱由検は自分もまた衣服を脱いで、裸身をさらすと、周氏の首筋に頭を埋めた。甘い匂いが鼻腔を擽った。そのまま肌に唇を寄せる。軽く口づけしてから、身を離した。豊かな乳房に右手で触れる。温かい。

周氏の手が伸びてきて、朱由検の頭に触れた。慈愛をもって撫でられる。朱由検は乳房の先端を吸った。周氏が声を上げた。触れられて心地よいところだと、嬌声があがるものだと田秀英が教えてくれた。これも、そうなのだろうか。朱由検は空いてる手で左の乳房を優しく揉んだ。周氏が身をよじらせた。きっちりと閉じられていた足が、ゆっくりと開いていく。

朱由検は足の間に身を滑り込ませた。自分の物は熱を持っている。周氏の柔らかく湿った場所に押し当てて、さらに腰を進ませた。

「ああ！」

周氏が痛みとも喜びともつかない声を上げた。朱由検はそのまま腰を動かし続けた。

体は熱くなる。だが、心は冷えていて、虚しい。

瞼を閉じると懐允の笑顔が浮かんだ。

会いたい。

懐允を唯一愛しているのに、周氏の生身の肉体に朱由検の身体は反応してしまう。周氏は求められていると感じているのだろうか。周氏は朱由検の背に腕をまわして、微笑みを浮かべている。

熱い抱擁は明け方まで続いた。

6

「火事だ！」

鋭い声が信王府から上がった。朱由検は周氏から離れ、飛び起きると、衣服を纏って扉まで駆けていった。

「殿下」

呼ぶ声に、振り返って周氏に命じる。

「服を着よ。様子を見てくる」

「危険です！」

「このまま部屋にいるほうが危険かもしれぬ。とにかく見てくる！」

扉を開いて中庭に出る。焦げた嫌な臭いがする。東側の建物から火の手が上がっていた。書庫にしている建物だ。灰色の煙も立ち昇っている。信王府に住む配下たちが、桶を手にして水をかけている。

「私も……」

朱由検は火を消さねばならないと、ふらふらと書庫に近づいた。空は明るくなり始めているが、今日は雲が覆っており、深い藍色に染まっている。炎は怪しく揺らめいていた。

「殿下、こちらでしたか！」

王承恩が駆けてきたので、朱由検ははっと我に返った。

「何が起きている！」

「何者かに火をかけられたようです」

「火はおさまりそうか？」

「発見が早く、鎮火できるでしょう」

朱由検はほっと胸を撫でおろした。だが、発見が遅ければ全焼していたかもしれないのだ。じわりと額から汗が滲(にじ)んだ。

「何者の仕業だと思う？」

王承恩の顔が険しくなった。

「以前、殿下を狙った暴漢を雇った者でしょうか」

うむと朱由検は頷いた。同じ考えだったからだ。

「皇帝陛下の子はこの世を去った。他に男子が産まれぬうちは、私が玉座に最も近い。あやつは私が即位するのをどうしても防ぎたいようだな」

明に巣食う害虫め。この報いは必ず晴らしてみせる。

朱由検は紫禁城の方角を睨（にら）んだ。

7

朱由検は静かに日々を過ごしていた。

生活は質素を心がけ、贅沢（ぜいたく）に耽（ふけ）ることもなく、寸暇を惜しんで勉学に励んだ。

賢者の噂を聞けば邸に招き、良書があると耳にすれば対価を惜しむことなく取り寄せた。

そうやって朱由検は、今この国がどのような状況にあるのかを知るようになった。

この時期、国の北東では新たな勢力が勃興（ぼっこう）しつつあった。天啓六年（一六二六年）、弩爾哈赤（ヌルハチ）（のちの清の太祖）が寧遠に進軍する。名将として名高い袁崇煥（えんすうかん）の奮闘がなければ国土を掠め取られていただろう。袁崇煥は中央の令を待たずポルトガルから紅夷大砲を手に入れたり、努爾哈赤に寝返るように誘われたりしてもはねつけた。勝利のためなら手段を厭わない豪胆さと、金品や地位を積まれてもなびかない高潔さを併せ持つ男だ。

　しかし、いつまでも袁崇煥の勇名にばかり頼ってはいられない状況になっていた。

　天啓七年（一六二七年）二月二十二日、邸に招いた識者が教えてくれた。

「若君、朝鮮は、努爾哈赤の金と兄弟の契りを結んだとの話が」

「それは、……ずいぶんと一方的な友好関係を結ばされたということか」

　否応なく金の勢力は強まるだろう。侵略の手を止めないという宣言のようにも感じられる。

「さようにございます」

　日を追って強大になる外患だけでも頭が痛いというのに、内憂は手の打ちどころもない。

　皇帝はいまだに魏忠賢を頼りきりにしている。

　魏忠賢によって行われた反宦官派である東林党の大弾圧は全国規模となり、都の外に住まう者たちも対象となった。

東林六君子の獄では、楊漣らが残酷な拷問にあって獄死した。東林七君子の獄では、周順昌らが拷問されて獄死していた。

あのような知らせが、日を置かずにどんどん告げられる日々だ。有能な人間が、処刑されたり遠ざけられたりしている。

今のままでは良くない。

信王の立場でできることと言えば、皇帝への助言だろうが、届く言葉はないだろう。

自分たちの始祖である洪武帝がこの有様を見れば、果たしてどれだけ怒り狂うだろうか。

全てにおいて厳格すぎる為人であったという。

だが、少なくとも戎狄の跋扈を見逃しはしなかったし、私腹を肥やすような言動も許さなかった。

識者が去った後、朱由検は王承恩の名を呼んだ。

「今日は街の様子を散策する」

朱由検の言葉に、王承恩が「はい」と応えた。

このところ急に背が伸びてきた朱由検だが、まだまだ王承恩のほうが高い。

「服を用意せよ」

「かしこまりました」

王承恩がまもなく衣服を持って来た。青の袍（ほう）と黒の外套（がいとう）だ。袍に刺繍（ししゅう）はなく、肌触りも粗い。外套も飾り気などない。普段よりも品質を落とした衣服だ。

街歩きの時はこの方が良いのだと教えてくれたのは王承恩だ。目立つ格好をしていると、そのぶん狙われやすいと。

ありのままの市井（しせい）を見たいのだという朱由検の望みのためには、身分を隠して動くほうが良い。

朱由検は手早く身支度を整えると、王承恩と他二名の伴を従えて信王府の外に出た。

晴れており、日差しが眩（まぶ）しいが、少しも温かくない。寒さが身に染みる。

朱由検たちは街の中心地を進んだ。道の両側に店が並んでいる。料理屋からは湯気が立ち上る。かぐわしい香りが漂ってくる。屋台には、肉を刺した串や包子（パオズ）、油条（ヨウティヤオ）、果実などが見られた。人通りも多く賑やかだ。

だが、道の角には浮浪者や物乞いがたくさんいる。冬だというのに襤褸（ぼろ）を纏って、建物に寄りかかったり、寝転んだりしている。

年々、数は増えるいっぽうだ。

「魏忠賢がこの街を蝕んでいる！」

朱由検は拳を握り、掌に爪を立てた。分かっているのに何もできない自分の無力さが腹立たしい。

「いけません殿下、今はお控えください」

王承恩が焦り顔で首を振った。

「なんだと？」

「酔客が店で魏忠賢の悪口を言って捕まり、生皮を剝がれて殺されたのです」

批判しているところを見つかれば、命はないというわけか。

どうしてこんな世の中になった！

皇帝の弟で、信王であっても、今の魏忠賢が相手では、表立って戦うことはできない。

「……わかった、今は黙っていよう」

「それが良いかと思います」

王承恩は安堵したのか、微笑みを浮かべた。

朱由検たちは大通りから道を曲がり、少し細い通りを進んだ。両側に家屋が建ち並ぶ。人通りは少ない。だが、この道の先に刑場がある。今日もまた、魏忠賢に殺された者たちの首が並んでいることだろう。

処刑された者たちの無念を見て、魏忠賢に対する怒りを増幅させるのだ。

朱由検は地を踏む脚に力を込めた。その刹那(せつな)、何人かの足音が聞こえて、朱由検は行く手を阻まれた。

「信王朱由検だな！」

朱由検たちは六人の男たちに囲まれた。三十代から四十代で、恰幅が良く、荒くれ者といった雰囲気の男たちだ。男たちは皆それぞれ剣や棒といった武器を手にしていた。

「どなたとお間違えですか？」

王承恩が朱由検の前に出て、穏やかに問いかける。この場を荒立てないようにしている。他の二人も朱由検の前に出て男たちと対峙(たいじ)した。

騒ぎはまずい。特に朱由検の正体がばれてはならない。王承恩の手が懐に差し入れられたのは、金でも摑ませようとしたのだろう。

「その命、貰いうける！」

だが、男たちは一斉に飛び掛かってきた。

「お逃げ下さい！」

王承恩が男の一人を蹴りつけて、朱由検の手を引いた。他二名の従者たちも男たちと戦い始める。

朱由検は王承恩が作った隙を逃さず、男たちの囲みから脱した。男たちが振り返り、朱由検を捕らえようと手を伸ばす気配を察した。だが、男たちの手は虚空を摑み、朱由検の足の裏は大地を捉えて駆け出した。人にぶつかりながら、休むことなく走り続けて、そのまま信王府へと飛び込んだ。

「どうしましたか、殿下」

荒い息を吐く朱由検を従者たちが心配そうに見つめてくる。

「王承恩たちの姿が見えませんが、お一人で帰っていらしたのですか？」

「そうだ」

朱由検は後ろを振り返った。まだ王承恩たちが帰って来ない。

「何があったのですか」

「何者かに襲われた。王承恩たちが残って戦っている。すぐに加勢に向かえ」

朱由検が道を教えると、

「かしこまりました！」

と数人が走っていった。朱由検は居室に移動した。配下の者に服を着替えるよう勧められたが、断った。

朱由検は居室の椅子に深く座った。椅子の背に身を預ける。

「命を狙われた。またも私を殺そうと企んでいる者がいる……」

それは知っているつもりだったが、実際に襲われると血の気が引く。

「殿下、王承恩たちの姿はどこにもありませんでした」

まもなく配下たちが戻って来た。その報告に、朱由検はびくりと体を震わせた。

「そんなわけはない。どこに消えたというんだ！」

「申し訳ございません」

謝ってすむ問題ではない。人命が懸かっているのだ。

「くまなく捜してみよ！」

朱由検は従者を追い立てた。従者たちは再び捜しに向かった。

どこにいったんだ。王承恩たちは無事でいるのか？

王承恩は、朱由検が物心つく前から側にいる宦官だ。朝でも夜でも、呼べば必ず来た。そんな存在が失われるかもしれないと想像して、朱由検はぞっとした。

あの男たちは何なのだ。朱由検を狙った目的は何だ。男たちは朱由検の名を呼んだ。正体をすっかり知られているということだ。

今の朱由検を邪魔に思う者がいるとしたら、魏忠賢に違いない。

何の収穫もないまま時間が過ぎていく。自分の側に王承恩がいないことが、これほど心細いとは思わなかった。しかし、なぜ戻ってこない？　知らせがないのもおかしなことではないか？

もしや、王承恩は魏忠賢のもとに走ったのではないだろうか。王承恩は朱由検のことをよく知っている。魏忠賢はそういう人物を手元に置いて、朱由検を揺さぶろうとしているのではないか。

王承恩の裏切り——考え出したら、止まらなくなった。王承恩の無事を願いつつも、裏切っていたならば許せない気持ちで胸が張り裂けそうになった。

夕餉（ゆうげ）の時刻になり、いつものように食事が部屋に運ばれてきたが、食べられる気分ではなかった。

「帰ってまいりました！」

従者の声に、朱由検は部屋を飛び出した。

「おまえたち、戻ってきたか！」

「はい。暴漢に襲われたということで、官吏の取り調べを受けてきました」

遅くなって申し訳ありませんと王承恩が拝礼した。頭に包帯を巻いている。服はところどころ破れていた。

「誰の手先か？」

「身分を明かさぬ金持ちから依頼されたのだと……」

朱由検は腕を組んだ。

「私が生きていては不都合な人間の仕業だろうな」

「思い当たる者がおりますか？」

分からないのか。それとも分かっていない振りをしているのだろうか。朱由検はじっと王承恩を見つめた。王承恩は自らが怪我をしているのにもかかわらず、心配そうな瞳をしていた。

「いまは、魏忠賢だろう。私がもう少し成長すれば、発言力も増す。兄と違って、私は政に興味を持っている。魏忠賢からしたら邪魔な存在だろう」

魏忠賢のもとに下ったのではないかと思ったが、違ったようだ。王承恩はきっちりと拝礼をして、朱由検に誓った。

「必ずお守りいたします」

「本当か？」

「はい。本当です」

王承恩が真剣な眼差して頷いた。

「口先だけなら何とでも言えるぞ」

そう言って笑うと、王承恩は頷いた。

「そうですね。ならば、行動で示してまいります」

きっぱり言われて、朱由検は胸を押さえた。

王承恩の言葉にはきっと嘘がない。王承恩は朱由検を庇って、逃がした。自らは残って暴漢と戦った。その忠義は本物であるはずだ。

「……まずは傷を癒やせ」

朱由検は王承恩の肩に手を乗せた。

王承恩が「はい」と穏やかに微笑んだ。

第三章　疫病

1

天啓(てんけい)七年（一六二七年）八月二十一日、朱由検(しゅゆうけん)は紫禁城を出て、動物が集められた大庭園を歩いていた。

青空が広がり、木々は緑が美しく、虫の音が響き渡っている。

「かつて、私が落ちた井戸があったであろう」

落ちてから一度も大庭園には来ていない。朱由検は場所をよく覚えていなかった。

「こちらです」

王承恩が一人で朱由検を案内した。朱由検がそうしたいと言ったからだ。ぞろぞろと従者を引き連れて来る気は全くなかった。一人で来たいと思ったくらいだが、それは危ういだろう。そう考える理性はある。だから、王承恩だけを伴とした。

鬱蒼(うっそう)と茂る木々の向こうに井戸が見えた。記憶よりも小さい井戸だ。落ちた当時は十歳だった。朱由検が大きくなったのだ。

「よく覚えていたな」

「忘れられません。殿下が落ちた井戸ですから」

かつて頭二つ分大きかった王承恩も、今では頭半分ほどの差しかない。成長したのだ、と朱由検は自分でも思った。だが、いかに肉体が育っても、朱由検を敬う王承恩の態度は相変わらず献身的だ。

「ここで見聞きしたことは他言するな」

朱由検は王承恩に命じると、

「懐允（かいいん）！」

と声を張りあげた。

朱由検は井戸に駆け寄った。井戸の周りには、大小さまざまな虫が死んでいた。気持ちが悪いと思ったが、縁に手をかけて井戸の底を覗（のぞ）き込んだ。井戸の中は記憶の通り、枯れ葉が集まっていた。

「懐允、現れよ！」

井戸の底に向かって、恋しい人の名を呼んだ。

懐允が消えて九か月ほど経つ。毎日呼んでいるが、出てくる気配がない。

初めは気のすむまで消えていたら良いとさえ思っていた。怒りが治まったらまた出てくるだろうと考えていた。

だが、懐允は現れない。焦（あせ）りを覚え始めてから、虚空に向かって許しを請い、泣き、怒り、呆然として、離れたくないと身に染みて感じた。

一人歩きは許されない身の上だ。大庭園に来て懐允を呼ぶ姿を誰かに見られるのを懸念してなかなか来られなかった。

だが、出会った場所に来たら再び出てくるのではないかという思いは日に日に増した。王承恩ならば、口止めを命じたら従うだろう。

「懐允、懐允！」

だが、待っても懐允は姿を見せなかった。

「こちらでしたか！　お探ししました！」

朱由検のもとに、高起潜が走ってきた。額に汗をかいているのに、青い顔をしている。

「どうした？」

朱由検は井戸から離れた。王承恩に目配せすると、拝礼された。誰にも言うつもりはないという意味だろう。

「皇帝陛下が薨(みまか)られました！」

「……そうか」

朱由校は九日前から病気で臥(ふ)せっていた。高熱が何日も続いていた。朱由検は病の報せを聞いてすぐに見舞いに行っており、そこでたわいない幼い頃の話をしたりした。

兄は病床についてもなお、大工趣味をやりたがっていた。今作っている椅子を朱由検にくれると約束してくれた。

朱由検は、暗君ではあるが、身内には優しい兄のことが嫌いではない。好きだと思っている。早く回復してくれと願った。そうしたら、兄と政(まつりごと)について話し合おう。もう十七歳になった。朱由校に頼られる存在になれる。

また見舞いに行こうと思っていたところだった。まさかこんなに早く亡くなるとは。兄であり、皇帝である朱由校は、何か言い残すことはあったのだろうか。

だが、ああ、とうとうこの日が来たのだ……。

朱由検は、帰路に着いた。振り返って紫禁城を見る。

巨大だ……。

あの城は、我が物に、自分は皇帝の座に収まるのだと確信した。これでようやく、宮廷改革ができる。

朱由検が信王府に戻ると、紫禁城からの使者たちが来ていた。

「陛下は後継者に信王を選ばれました」

朱由校の息子はすべて夭折(ようせつ)している。後継ぎは皇帝の弟である朱由検だ。朱由検は、十七歳で崇禎帝(すうていてい)として即位することとなった。正妻の周氏が、周皇后となる。

使者が去った後、周氏が進み出て、拝礼をした。

「あらためまして陛下、末永くお仕えいたします」

「ああ、頼む」

朱由検は駕籠(かご)に乗り、信王府をすぐに後にした。妻や従者たちを連れて、紫禁城に入った。

2

天啓七年（一六二七年）八月二十四日、空は水色に透き通っており、白い雲がたなびいていた。早朝から、朱由検は喪服を着て、先帝の祭壇の前で命を受けたことを告げた。

龍袍に着替えた後、天地、祖宗に報告を行った。それから、再度先帝の祭壇の前で拝礼し、皇太后にも拝礼した。

朕(ちん)は必ず良い政(まつりごと)を行ってみせる。

式場となる皇極殿の裏にある中極殿に向かう。群臣は奉天殿で整列しているはずだ。

「準備が整いました、昇殿してください」

朱由検は、式部官の声に従って皇極殿の玉座に就こうとした。

その刹那、殿舎の西から大砲がすぐそこで打ち鳴らされたような大音響が轟いた。

護衛の人馬やら連なっていた官僚やらが、驚き恐れた声を上げた。朱由検の体も、この大きな音に揺すぶられた。いくらかの馬はいななきをあげて逃げ出した。

昏惑が臣下の間で広がっていくのが分かる。朱由検も内心ではどうすればいいのかと不安に思った。

だが、教えてくれる者は誰もいない。自分で判断するしかないのだ。

強くあらねばならない。

朱由検は表情を引き締め、玉座に座った。

臣下たちを見下ろす。立派な皇帝になるのだ。こんなところで動揺しているわけにはいかない。

朱由検の平静さを目の当たりにして、臣下たちの乱れは収まった。その後も儀式は途切れることなく続けられた。

だが、臣下の中には不安を拭い去れない者もあるだろう。いったいあの怪異は何事なのか。

朱由検は込み上げる怒りと不安を押し隠した。

儀式のあと、識者を呼ばせて説明を求めた。

識者は恭(うやうや)しく拝礼したままきっぱりと述べた。

「これは『鼓妖(こよう)』と呼ばれるものです。古来、虚名の者が高位に進む時に起きる妖事であり、吉兆ではございませぬ」

虚名と言われて、朱由検はぐっと奥歯を嚙(か)んだ。たしかに、まだ自分には実力が足りていない。それは認める。けれど、兄よりは皇帝にふさわしいと思っている。兄が即位する際は鼓妖など起きなかったのになぜだと苛立ちを覚えた。識者の言葉に反論したいところだったが、ここで怒りをあらわにして醜態をさらしたくない。

「吉兆に替える術(すべ)はあるのか？」

「皇帝陛下がよくよく徳を修めること。凶兆を拭い去るには、これ以外の方法はございませぬ」

朱由検は眉を寄せた。そんなことかと思った。

徳を修めるとは、言われなくとも、するつもりだ。

朱由検は、居室で人払いをして、「懐允、話がある」と呼んだ。

光は集まらず、懐允も現れなかった。

玉座に収まった今ならば、皇帝になった今ならば、懐允が褒めて現れてくれるのではないかと期待していた。

皇帝陛下、即位おめでとう。ずっと見ていたよ。やっと君も黄色い衣を纏うことができたね――などと言ってくれるのではないかと思っていた。

だが、そんな奇跡は起きなかった。

懐允は幼い頃に見た夢幻だったのだろうか。

いや、確かに存在していた。

名を呼ぶことはやめない。ただ今は、徳を修めよう。懐允がまた現れた時に、誇りをもって会えるようにしなければならない。

「王承恩、おるか」

「はい、陛下、お側に」

「朕は、魏忠賢らの罪を問い、しかるべき罰を与えようと思うがどうだ？」

朱由検の言葉に、王承恩が微笑んだ。

「陛下の思うままになされるのが良いかと思われます」

王承恩が拝礼をした。

ならば、と朱由検は笑顔を浮かべて、決意の拳を握った。

3

魏忠賢たちの行いを調べさせながら、朱由検は母の劉氏に孝純恭懿淑穆荘静毗天毓聖皇太后の諡号を贈り、泰昌帝の陵へ改葬した。美諡（良い贈り名）を散りばめた称号は、朱由検の母に対する思いがそのまま形となっている。幼くして奪われた母は、恋焦がれながら得られることのない安寧と平穏の化身であった。

「朕が愛すると、すぐに消えてしまう」

母も懐允も、今は側にいてくれない。どちらも、朱由検にとってかけがえのない存在だった。

なにがいけなかったのだろう。

母がいないのは父に殺されてしまったからだが、懐允のほうは朱由検が今以上を求めたから消えてしまったのか。

木枯らしが吹きすさぶ日に、宮中では魏忠賢のこれまでの所業を十の大罪とする告訴が行われた。

朱由検は玉座から魏忠賢の頭を見下ろした。魏忠賢は首を垂れて、深々と拝礼している。背は朱由検と同じくらいだ。年齢は朱由検の祖父ほどで、醜く太っている。着衣から溢れているようだ。以前とはずいぶん変わったようだ。どんな顔をしているかは見えなかったが、見たいとは思わなかった。

「先帝の御世をよくも汚したな」

魏忠賢がびくりと体を震わせた。

絶対に許さぬ、と朱由検は思った。魏忠賢は私腹を肥やし、我が物のように権力を振るった。

全土の東林党の学者たちが次々と捕らえられたのは、魏忠賢の指示のもと、犯罪をねつ造して書き連ねた名簿を作り広く流布したためだ。

魏忠賢は宮中でも馬に乗り、先帝の前ですら馬を降りぬという不敬ぶりに加え、自分の意見にはかならず皇帝を讃える『万歳』の代わりに『九千歳』と称賛させ、言わなければ不敬としその者を投獄した。

魏忠賢の発した愚かな令は数え切れないほどあり、これからすべてがつまびらかにされるのだ。

臣下の銭嘉徴が十の罪状を述べていく。

一、皇帝と並び立っていたこと
二、皇后を酷く扱い遠ざけたこと
三、兵力を手中にしていたこと
四、先帝を丁寧に祀らなかったこと
五、皇族、諸侯、大臣達の土地や地位を剝奪したこと
六、自らを聖人と称したこと
七、むやみに肩書きや報酬を増やし与えたこと
八、国境で立てた功績を覆い隠したこと
九、民衆からの搾取
十、賄賂をもらい融通をつけた人事をしていたこと

「私は、先帝に誠心誠意お仕えしてまいっただけです！」

魏忠賢の訴えを朱由検は聞かなかった。この男は皇帝のみに許された政を簒奪し、我が物のように振る舞ったのだ。

翌日、魏忠賢が太監の徐応元を仲介に立ててきた。徐応元は魏忠賢の遊び仲間だ。徐応元が逆に宮中から追放された時、誰もが魏忠賢の終わりを察したはずだ。

十一月十八日、魏忠賢に、太祖洪武帝の父母が眠る土地の視察を命じた。それは口実であり、その道中に朱由検は魏忠賢を捕らえるための追っ手を放った。

しかし、魏忠賢は追っ手を待たず自ら首を括った。享年五十九歳だった。知を憎み、学を遠ざけた男の最期は、あっけなかった。遺体は磔に、首は市中に晒した。

客氏は死ぬまで鞭打たせ、その他の者たちも次々に処していった。

魏賢忠一族はすべて市中で処刑、遺体は弔うことを許さず、そのまま打ち捨てるように命じた。

葬り去った佞臣たちの穴を埋めるべく、朱由検は東林党の者たちを登用した。以前からその力を必要としていた徐光啓も、左侍郎に任命した。これらを即位してからわずか数か月で行った。

「陛下の英断に、民衆は快哉を叫んでおります」

王承恩が報告をした。朱由検は喜びを覚えた。

これで国の命運は持ち直したと、誰もが思ったはずだ。

朱由検は先代の兄とは違い、毎日、乾清宮にて朝政を行った。嗜好に逃げず、酒色に耽らず、勤勉に執務に取り組んだ。

しかし、全国的に凶作となり、陝西地区で農民の叛乱が起きた。それが朱由検には分からなかった。

自分は徳を積んでいるつもりだ。かつての暗君たちと同じ轍は踏まず、自ら研鑽するように勤めている。そのためになることならば何でもやった。有能と言われる者たちを召し上げ、話を聞く。北で蠢く夷狄たちには勇将たちを張り付かせている。どれも天の心に叶うものばかりであるはずだ。

虚名と言われた時のことを朱由検は思い出した。自分の実力がまだ足りないというのか。最大限できることはやっている。

だが、民は未だに裕福になれない。国庫は痩せ細る一方で、宮中は朱由検が新しく取り立てた者たちと古参の者たちとの間で混迷を極めていた。

なぜだ。

大声を出して問いかけたかった。

なぜだ。なぜこのようなことが起こるのだ。

「懐允、朕の何がいけないのか！　天災の原因は皇帝の不徳とされる。治世に過ちがあるからこそ、天は厄災を起こしてそれを指摘するのだと。国土が枯れるのも、民がやつれるのも、ひとえに皇帝のせいだ。けれど、朕は手を尽くしている」

自分の何がいけないのか。それが分からないことが恐ろしい。

助けてほしい。

救いがほしい。

「民が凶作に苦しんでいる。飢えて死ぬ者もあるという。ああ、どうしたらよいだろう！」

叫びに反応して、光の粒が見えた。もしやと想って目をこらしていると、少しずつ光が集まっていく。だんだんと人の姿形が現れた。

朱由検は涙の伝う顔を上げて、喉を鳴らした。

「安心して」

優しく微笑まれた。

待ち望んでいたものだ。

「懐允、また我が前に来てくれたのか」

信じがたい思いで、朱由検は懐允に呼びかけた。

ふわりと浮かび、懐允が朱由検の近くまで来た。

涙がこぼれた。だが、今度は歓喜の涙だ。

どれほど会いたかったか。恋しかったか。

懐允には伝わるだろうか。伝わってほしいと朱由検は思った。

懐允はひらりと宙を舞う。

「大丈夫だよ。この苦しみは、長くは続かないから」

慈しむような笑みに縋(すが)り付きたい自分に、朱由検は気づいた。

「本当に？」

「本当だとも。君に嘘をついたことがあったかい？」

「ああ、懐允！　あの日はすまなかった。もう二度と会えないかと思った」

朱由検の訴えに、懐允が肩を竦(すく)めた。

「そうしようかとも思った。側にいてはいけないのかとも。けれど、あまりにも悩んでいるのが分かったからね」

出てきてしまったよ、と懐允がにっこりと微笑んだ。

「そうしてくれてよかった。会えない日々はとても辛かった」

思い出すだけで身が震える。

「これからは……ずっと側にいるから」

懐允の言葉に、朱由検は何度も頷(うなず)いた。

「懐允、愛している。愛しているんだ」

離れないでくれ。願うと、懐允は目の前に降り立った。

「ありがとう。嬉しいよ」

懐允が微笑むと、胸の中に花が咲いたような心地になる。それはとても心地良くて、温かだ。

4

朱由検は、徐光啓を左侍郎から尚書に昇格させて、農地の立て直しを命じた。

懐允の言葉通り、凶作は一年だけで終わった。

文華殿にて執務を行っている朱由検のもとに、宦官の曹化淳が走ってきた。年齢は三十代後半で、細身で小柄だ。彼には戦況を一刻も早く伝えるように、と命じている。

政は皇帝の為すべきことだ。太祖に倣うと、朱由検は誓っていた。

「陝西地区の叛乱を鎮圧しました！」

朱由検は筆を置いて喜んだ。

「そうか、鎮圧できたか！」

「はい、陛下！」

凶作とあわせて、叛乱軍も鎮圧できたのだ。

己の行いは間違っていなかった。懐允の言う通りになった。懐允だけは心から信じられる存在だ。その気持ちがいっそう強くなった。

懐允に誤りはない。

「王承恩」

朱由検は側らにいた王承恩の名を呼んだ。王承恩が頭を下げて朱由検のほうを向く。

「はい」

「人払いをするのだ」

何のためだとは言わなかった。

「かしこまりました」

王承恩は気づいているかもしれない。

だが、構うものかと思った。

王承恩が部屋の宦官たちに命じて部屋から出させると、拝礼して自らも退室して扉を閉じた。

王承恩だけは残って、扉の側にいるのだろう。

察しながらも、朱由検は懐允を呼んだ。

「懐允、聞いてくれ！」

光が集まって、人の形になる。この瞬間が、とても美しいと朱由検は思っている。

「なぁに、陛下」

にっこり微笑んで、懐允が現れた。

「そなたが側にいてくれてよかった」

「そう言ってもらえると嬉しいよ」

懐允が空中でくるりと舞った。

「これからも、ともにいてほしい」

朱由検は触れられないと分かっていても、懐允の手に手を重ねた。

懐允の手は透けて、朱由検とひとつになる。

愛しい人だ。いや、存在、と言うべきか。

朱由検は胸の内に湧き出る喜びを懐允と分かちあった。

5

「ご機嫌ですわね、皇帝陛下」

呼ばれて、朱由検は我に返った。承乾宮で、田秀英と食事をしていたのだ。今は崇禎元年（一六二八年）十二月三日、酉の刻を過ぎたところだ。窓の外は暗くなっている。室内には灯りが点され、卓には酒と点心が置かれていた。周りには田秀英の侍女と、身なりを整えた宦官達がいる。

「心ここにあらずですわ」

若草色の布衣を着た田秀英が、つんと唇を尖らせた。確かに、田秀英の言う通りだ。朱由検は懐允のことを考えていた。

朱由検は卓に手を伸ばして、花巻を取った。白くて丸く膨らんだ小麦粉料理を口に運ぶ。ほんのりと甘く柔らかな食感が口の中に広がった。

「もう、私が一番ではないのですね」

田秀英が潤んだ瞳で見つめてくる。懐允ならこんな態度はとらないと朱由検は思ったが、そのような話が口にできるはずもない。

「そんなことはない」

初めから一番ではない。本当に愛しているのは懐允だけだ。

「嘘をおっしゃらないで」

「嘘などついておらぬわ」

「今は足しげく皇后殿下の所に通われているのでしょう。皇后殿下にご執心なのですね」

「そうではない」

分かりあえないなと、朱由検は席を立った。懐允のことを考えていたのを邪魔されたという苛立ちもあった。

「少し頭を冷やすがいい」

「あっ、陛下、お待ちください！」

田秀英が言い募るが、振り返らなかった。

朱由検は承乾宮を出ると、そのまま坤寧宮に向かった。宦官が朱由検の来訪を告げると、女官が扉を開いて出迎えた。

宮殿の中に入ると、白無垢の布衣を纏った周氏が急いでやってきた。

「陛下、どうなさったのですか」

「そなたにご執心ということになっているようだ」

溜息をつきたい気持ちでこぼすと、周氏が微笑んだ。

「田貴妃の所にいらっしゃったのですね」

察しが良い。周氏の聡明さに触れて、気分が少し良くなった。

「私の気持ちを疑っている」

周氏が瞼（まぶた）を軽く伏せてから、そうですかと温かな声で言った。

「田貴妃は一番に愛されたい人ですから。でも事実、陛下には一番愛されているかたがおられるでしょう？」

「田貴妃か」

「そういうことにしておきましょう」

ふふと周氏が声を出して笑った。

朱由検は戸惑った。懐允の存在に気付いているのだろうか。いや、そのようなことあるわけがない。王承恩の他に、懐允の名を聞いた者はいないし、懐允の姿は朱由検の他に誰も見えない。

「今一番気になっておる人は、そちの腹の中におる」

周氏が腹を撫でた。そこは丸く膨らんでいる。朱由検は手を伸ばして服の上から腹に触れた。とんと腹の中から元気に蹴ってくる存在がある。

我が子だ。まだ実感はないが、無事に生まれるように願っている。

6

崇禎二年（一六二九年）二月四日、周氏が長男の朱慈烺を産んだ。

朱由検は報せを聞いてすぐに執務室から坤寧宮に向かった。

早く、早く会いたい。

坤寧宮で、朱由検は我が子を抱いた。軽くて、柔らかくて、すぐにでも壊れてしまいそうだ。

息子のためにも、国を強くしたい。命を狙われて育つことなどないように。

周氏は疲れた顔をしながら微笑みを浮かべ、寝台に横たわっている。

「よくやってくれた」

「そのお言葉、嬉しゅうございます」

母となった周氏を見つめて、朱由検は頷いた。

執務室に戻り、人払いをした。

「懐允、側にいるのだろう？」

光が集まり、人の姿になる。現れるのは類まれなる美貌を持った懐允だ。

「おめでとう。元気な子だね。君に似てる」

懐允がにっこりと微笑んだ。その愛らしさに、朱由検は思わず呻いた。

「……懐允、そなたと私の子がいたら、どれほど良いだろう」

「私にその能力はないよ」

触れられないのだから、懐允の言葉通りなのだろう。それは察していた。

「ああ、ああ、そうだ。側にいてくれるだけで良い」

「そうしておくれ。また私が消えないように」

にっと懐允の唇が持ち上がる。

「消えるのかっ？」

朱由検が慌てると、懐允が首を振った。

「私にできることは限りがあるからね」

いなくなった時期の苦しさ、寂しさを思えば、それ以上を求めてはいけないのだと自分に言い聞かせることができた。

「……分かった。聞いてくれ、懐允、私はこの国をもっと安定させねばならぬと思った」

「息子の将来のためにも？」

「そうだ。私はやり遂げてみせる」

朱由検は懐允を見つめて宣言した。

「見守っているよ」

懐允は唇が触れそうになるくらい近づいてきて、

「応援してる」

と囁いた。

その夜、乾清宮にある寝台の上で、白い肌が蠢いていた。朱由検は自分の猛ったものを湿ったところに押し入れて、下から揺さぶっている。嬌声が響く。くっと息をつめて、朱由検は自分の上に跨るようにして乗る田秀英の中にすべてを放った。

「嬉しいですよね」

どこか拗ねたような、寂しそうな声を田秀英が出した。

「何の話だ？」

「元気な御子でした。どうして私は授からないのかしら」

「焦ることはない」

「そうは仰(おっしゃ)っても……」

田秀英はまだ納得がいかないと言ったそぶりを見せた。

懐允は子供が持てぬと言った。懐允に似た田秀英は、子供が欲しいと言う。ままならない。

朱由検は手を伸ばすと、田秀英の口を押さえて、ゆっくりと寝台に押し倒した。両足の間に入ると、田秀英が膝(ひざ)を立てた。

それでいい。

朱由検は頷いて、再び田秀英の湿った場所に押し入った。

7

五月十日、周氏の主催で牡丹(ぼたん)を愛でる会が行われた。空は青く、日差しは穏やかで、風が心地よい。朱由検は駕籠に乗って、坤寧宮の裏手にある御花園に向かった。

警備上の理由から、紫禁城にある数えきれないほどの宮殿は高い塀に囲まれている。よって、草木が少ない。城下にある屋敷の庭々の方が緑多く花に溢れている。

だが、御花園だけは花々の多い庭園だ。緑の木々が美しく、岩山が置かれている。

石畳には、花や鳥などの姿が色とりどりの小石で描かれている。

「ようこそいらっしゃいました、陛下」

周氏は白無垢の布衣を着て、朱由検を歓迎した。

「良い天気になったたな」

「はい。牡丹がとても美しく咲いていますわ」

朗らかに微笑む姿は、牡丹よりも美しいと朱由検は思った。

周氏の側には、朱慈烺を抱く女官がいる。花見には、後宮の女たちが招かれている。周氏としては、息子のお披露目を兼ねているのだ。

「田秀英の姿が見えぬな」

朱由検の言葉に、周氏が一瞬眉間に皺(しわ)を寄せた。

「今遣いをやっております」

「体調を崩したのだろうか」

「それならば、先に報せがくるはずですわ」

少し語気が強くなった。怒っているとみえる。朱由検は苦笑した。

「遅れて来るとは、しかたのないやつだ」

「陛下がお許しになるのなら、私もそうします」

「そうだな。またこのようなことがあったら言うと良い」

「お心遣いありがとうございます」

周氏がにっこりと微笑んだ。

朱由検が周氏の隣に座って歓談していると、田秀英が現れた。髪を丁寧に結い上げ、簪（かんざし）を差し、若草色の布衣を纏っている。化粧を施した顔は麗しい。懐允によく似た美貌が、春の光を浴びて輝いていた。

「皇后殿下、お招きありがとうございます」

粛々と礼を取る田秀英を見て、周氏が額に手をあてる。

「体調を崩されたのかと心配していましたわ」

「そうなのです。いざでかけましょうというときに、目がまわりまして、少し部屋を暗くして休んでおりました」

そのようなことがあるだろうか。朱由検は疑問に思ったが、田秀英は平然とした顔をしている。やましいところなど一つもないという態度だ。

「あら、それならなおのこと春先の外の風にあたるのは良くないわ。あとでよく花のついた枝を選んで届けさせますのでゆっくりお休みになっては？」

「もう大丈夫です。陛下と殿下と若君にお会いしたくて参りました。どうか、追い返さないでくださいませ」

「それならしかたないわね」

周氏が深いため息をついてから、微笑んだ。田秀英の無礼を呑み込んだのだ。朱由検はほっとした。後宮での争いなど、自分の代ではごめんだ。

「そちらが若君ですね」

田秀英が、女官に抱かれた朱慈烺に近づいた。

「そうよ」

「よく眠っておられる。愛らしい若君」

「ありがとう。健やかに育ってほしいわ」

周氏と田秀英が、慈愛に満ちた瞳で朱慈烺を見つめている。朱由検は、こういう時間もたまには必要かと思った。

8

崇禎三年（一六三〇年）一月十五日、雪が積もった朝、周氏が再び男子を産んだが、死産となった。

「もうしわけありません」

周氏が寝台の上に横になったまま涙を見せた。

「いや、そなたに咎はない」

謝る必要はないのだと告げると、周氏はいっそう涙を見せた。

こんな周氏を見るのは初めてだった。

朱由検は周氏の寝台の側に膝をついた。

「朱慈烺を太子として冊封する」

朱由検は断言した。

周氏や周りの女官たちが歓喜の声を上げた。

特別に周氏を愛しているというわけではない。

田秀英を寵愛していると噂されているようだが、結局は懐允が一番だ。

朱由検の父である泰昌帝は、長男でありながら祖父に愛されずに、後継者となれるかなかなか決まらず、命を狙われ、政治の混乱をもたらした。

だから、朱由検は自分の子は必ず長男に即位させると決めていた。

今日まで待たせたのは、子供が無事に成長するか待つ気持ちがあった。

だが、もう良い頃だろう。

「ありがとうございます、陛下」

「そなたは早く回復するように」

泣きながら微笑む周氏に、朱由検は頷いた。

9

宮殿に、夏の日差しが差しこんでいる。筆を走らせていた朱由検のもとに、曹化淳が報せをもって来た。

「皇太極（のちの清王朝二代目皇帝の太宗）によって、永平四城を失いました！」

「なんだと！」

朱由検は報せを聞いて心が乱れた。

永平は錦州の一角を占める、明にとっての重要な拠点だ。過去に何度も後金と干戈を交えた最前線であり、常に兵を常駐させている。その地が今削り取られた。

明の土地が失われていく。まるで、砂を掌に乗せているような心地だ。強く握りしめても、指の間から砂が流れ落ちていくように、土地が奪われていく。

どうすればよいのか。

伝令の知らせが次はいつくるのか、もどかしかった。国土を失うという恐怖を先代達は感じた経験があったのだろうか？

自分が駆けつけて土地を取り戻せるのならばそうしたいが待つしかない。

昼夜日々報せを待つ朱由検のもとに、朗報が飛び込んできた。

「袁崇煥（えんすうかん）の獅子奮迅（ししふんじん）の奮闘により、すべてを奪還しました。後金はなす術（すべ）もなく、虚しく撤退退散したのです！」

王承恩がよこした報せに、朱由検は喜んだ。

まだ我が国にも忠臣がいる。

袁崇煥の才は、武勲のみに限らず、その策略深慮は諸葛孔明の再来とも言われているという。遠い地の戦いは油断できないと言うが、袁崇煥にすべてを任せれば、きっと明は安泰であり続けるだろう。

だが、この時の朱由検の安堵はあえなく引き裂かれた。後金の軍勢がこともあろうに、首都北京に押し寄せたのだ。

先代天啓帝から備える袁崇煥の守りは、今や鉄壁に等しい。後金二代の王が数十万の大軍を率いても破れず、ことごとく撃退され続けてきた。金の先代の王の死は、袁崇煥との戦いで負わされた傷が原因だとさえ言われている。袁崇煥はただ城を築くだけでなく、田畑を耕し糧秣を用意した上で兵を練った。最新兵器である紅夷大砲の扱いにも熟知していた。まさに付け入る隙のない布陣であり、もし、後金の主が凡人であれば、明の侵略を諦めていただろう。だが、皇太極は違った。袁崇煥が守る遼寧半島を迂回し、隘路を経て北京を直接攻撃してきたのだ。

「袁崇煥は何をしている！」

突如として現れた軍勢に、京城は大混乱に陥った。

「遼寧の守りは鉄壁ではなかったのか！　なぜ蛮族どもがここまで来ている！」

朱由検は叫んだ。遠方に張られた敵陣の篝火は、夜になれば宮城からも望むことができた。このような事態は、明の歴史の中であり得なかった。

「味方を率いて、京城へ向かっているとのことでございます！」

曹化淳の歓声は間違いではなかった。意表を突いた後金の動きに袁崇煥は即座に反応し、神速の早さで北京まで馳せ参じた。

袁崇煥と共に駆け付けた明軍は市外に駐留し、敵軍と向かい合った。しばらくは一進一退の攻防が続いたが、味方の兵は一人として怯まなかった。後金の騎馬隊が列を為し突撃を敢行したこともあったが、明軍もまた兵を並べて迎撃した。袁崇煥自身も数百の手勢を率いて敵陣を強襲し、砲撃によって痛打を与えた。地平を埋めるかと思われた敵兵は一人として、都の城壁に取り付くこともできなかった。最後は虚しく、後金軍は囲みを解いて退却していった。

味方の活躍を目の当たりにして、朱由検は胸を膨らませた。激戦を勝ち抜いた兵たちをねぎらうべく、存分に酒と食事を振る舞った。口々に叫ばれる歓呼の声が心地よかった。国のために命を懸ける者たちがある。皇帝として是非とも彼らを遇しなければ。袁崇煥たちにも当然、この功績に報いねばなるまい。

だが、一人の宦官、楊衣が三日後の夜に朱由検のもとにやってきた。楊衣は宦官らしく細身で小柄、五十代くらいの人物だ。

「袁崇煥は謀反を企んでおります」

深々と身を屈めながらの口上を、どのような顔をして述べているのかは分からなかった。

「それは真実か？」

信じられないと思った。だが、宦官を突き放して拒むこともできなかった。ささやかに開いた箱の蓋を、開けて見なくてはおさまらないという心地だった。

「もちろん真実です」

朱由検は口元を押さえた。一歩退きそうになるが、衝動をこらえた。

「袁将軍の奮戦をそなたは見ておらぬのか？　この京城はあの者の活躍がなければ守られなかったというのにか」

どうだと朱由検は楊衣に顔を挙げて答えるよう求めた。

楊衣は淡々とした顔をしていた。

「ですが、そもそも夷狄の軍勢が陛下のおわすこの都まで到達できることが、おかしくはございませんでしょうか。愚かな蛮族どもだけで長城の守りを越え、ここまで辿(たど)り着けるはずがございますまい」

この世の理(ことわり)のように楊衣はすらすらと述べた。朱由検は思考をめぐらした。

「手引きされたと言いたいのか」

「これは私だけの疑いではございませぬ」

朱由検は吐き気が込み上げてきて、ぐっと奥歯を嚙みしめた。

「袁崇煥は、兄上の代から明に仕える忠臣であるのにか」

「それが果たして陛下の御為であったと言えましょうか」

聞いてはならない。頭の中でそう思う部分もあった。だが話を止めることができない。

「将軍が寧遠城で行ったことは、後金と戦っただけではございませぬ。陛下の許しもなく彼らとの和議も行っております。このたびのことと併せて鑑みるに、かの地は既に謀反の拠点となっているのではありませぬか。そのために袁将軍のいる地を襲わず、この都を狙ったのでは」

「疑うべき点はそれだけか」

「いえ。袁将軍は以前から怪しい噂の絶えぬ人物でございました。捕らえた後金の捕虜たちも、毛文龍の部下たちもそう口にしております。毛文龍が将軍に処罰されたのは口封じのためではないかと」

「そなたは真にそう思っているのか」

「私が思うのは、陛下のお役に立つことのみでございます」

甘言だ。頭ではそうとわかっている。

だとしたら今こうして吹き込まれている言葉は詭弁もしれない。袁崇煥の功績を妬んでの讒言かもしれない。

「わかった」

だが、今の朱由検は、楊衣を追い払うことができずにいる。

明の皇帝はどの時代も、猜疑心との戦いを繰り広げていると、幼い頃に宦官たちのお喋りを聞いた。

朱由検が母にするように、家族に対する思いはあっても、それ以外の人間を信用することはないのだと言う。

太祖である洪武帝の出自がそうさせるらしい。

貧しい生まれに苦しみ、そのため家族を飢えで亡くした皇帝は、中国史上例を見ない。この時に生まれた怨念と猜疑心は、数百年の時を経てもなお薄まることはないのだと。

「都の民も、袁崇煥を裏切者だと罵っております」

人とは他人を裏切るものであり、陥れるものであるのだ。その事実を朱由検は嫌というほど学んできた。

幼い頃に井戸に突き落とされたのを始めとして、何度も何度も死の冷たい横顔を見つめてきた。

父は毒殺されたかもしれない。兄は飼い殺されたのも同然だ。

また兄の子供たちは皆、将来の敵に育つことを恐れた魏忠賢一派によって殺されていったという話もある。

それが当然だ。どの人間もやっていることは変わらない。ならば、袁崇煥の心だけが清らかであると言えるだろうか。

一度でも撒かれた猜疑の種が芽吹くまで、時間はほとんどかからなかった。芽はすぐに枝葉となって生い茂り、朱由検の胸に昏い影を落とした。

宮中の言葉に耳を傾ければ、袁崇煥に対する疑念の声ばかりが入ってきた。もし、話が本当だとしたら――。

袁崇煥に匹敵する名将は明にいない。もし袁崇煥が狼煙を上げれば、太刀打ちなど不可能だ。朱由検は背筋をぞっと震わせた。

朱由検は、かつて城から見た光景を思い返す。軍兵たちは眼前に整然と広がっていた。一糸乱れぬ振る舞いは、それだけ訓練されたことの証だ。そんな兵士たちが、袁崇煥の指示で動いた。大きい動きは、まるで何かの生き物のようだった。

袁崇煥は長年にわたって後金と戦ってきた。もし敵と通じ、今は郊外にいる大軍を率いて京城に襲い掛かられては手の打ちようがない。

朱由検は、もう一度、身震いした。想像は生々しく脳裏に繰り広げられた。袁崇煥がどのような手段でこの都を攻めるか、自分たち明王朝の一族をどう扱うか、考えがそこへ至ったのが限度だった。

朱由検は人を下がらせた。

「懐允、来てくれ」

光が集まり、やがて人の形になる。朱由検はその神秘的な光景を、目を細めながら見ていた。しかし今は不安と迷いの方が大きく胸の内に広がっていた。

「ここに」

鈴を転がすような声が聞こえた。完璧な美貌の持ち主が宙に浮かんでいた。

「ああ、懐允」

「どうしたの陛下」

「もしかすると、この明に危機が迫っているかもしれないと気づいた」

朱由検はできる限り落ち着いた声を出した。

皇帝として、他人に昏惑を気取られてはいけない。たとえそれが国家の命運に関わる重大事であったとしても。

「朕はどうするべきだと思う？」

そんなこと、と懐允は可笑しくてたまらないと笑い始めた。

「まさかそれを私に尋ねるなんてね。君らしくないな」

「どういうことだ」

「君は、皇帝だ。他人の言葉に惑わされてはならない。君の心は、もう決まっているはずだ」

そうだろう？と、美しい顔が近づいてきた。鼻先がつきそうになるくらい間隔を詰めて、朱由検の顔を覗き込んでくる。

恐ろしく整った容貌を、朱由検は恍惚と見つめた。

「決まっていることを私に確認させるなんて、馬鹿げたことだ」

「……袁将軍は、今この都にいる」

無意識の内に、舌が勝手に言葉を紡ぎ出していた。

「都を守るためという名目だ。実際、後金がいつまたこの都を攻撃しようとするかは分からない。だが、軍が果たして次もその言葉通りに使われるかどうかは不明だ。……袁将軍の名声は高く、兵にも広く慕われているという。もしかすると」

「朱由検、いいんだよ」

「言い訳はいい。君は自分がやりたいようにやればいい」

夜よりも黒い目を輝かせて、懐允が微笑む。

「懐允、私は……」

「君には、それが許されている。皇帝だから」

紅の唇が花弁のように麗しい弧を描く。

「私に是非、見せておくれ。君の望みを」

「……分かった。朕は皇帝だ。朕の望みを果たしてゆこう」

朱由検は懐允の頬に手を伸ばし、触れる真似ごとをした。

10

朱由検は、袁崇煥を捕らえて処刑するように命じた。

やがて、時は来た。

八月十六日、乾清宮で執務を行っていると、王承恩が部屋に入ってきた。

「本日、袁崇煥の処刑が行われました」

罪状は国に対する謀反だ。叛旗を翻そうとする者に対する刑は凌遅と決まっている。万が一にも生き永らえることはあるまい。

死んだか。裏切りの代償としてはふさわしい。朱由検は筆を握る手をとめずに、王承恩に問いかけた。

「そうか。民の様子はどうだ？」

信王と呼ばれた頃に街で見かけた処刑の様子が脳裏に蘇る。あの時、民たちは同情の目をしていたが、今はどうだろう。

「民も袁崇煥の裏切りを責めております！」

朱由検は小さく微笑んだ。

ならば正しいことをしたのだ。これで憂いは取り除かれた。

11

崇禎五年（一六三二年）十二月十日の早朝、雪が舞い散る中、田秀英が承乾宮で出産した。生まれたのは男子だった。朱由検は報せを受けて、すぐに駕籠に乗った。承乾宮は温かく、喜びの雰囲気で満たされていた。

小さいが、元気に泣く我が子に、朱慈炤（じしょう）と名付けた。

「嬉しいですわ。陛下の子を産めるなんて」

寝台の上で、田秀英がうっとりと微笑む。朱由検の子が欲しいと長く悩んでいたことは知っている。喜ぶ姿と、いじらしさに胸の奥が温かくなった。

二人でともに時間を過ごしたが、執務が残っている。朱由検は乾清宮に戻ると、昼食を取り、筆を手に取った。

執務の後、夕食をすませた朱由検は、田秀英のもとに向かうか迷った。だが、休ませてやりたいと思った。それで、周氏のもとに向かった。

「いかがでしたか？」

周氏は穏やかな微笑みを浮かべた。

「無事に生まれた。元気な男子だ」

守らねばならない宝がまた一つ増えた。朱由検は笑顔で答えた。

「それはなによりです」

可憐に微笑む周氏に、朱由検は頷いた。

四人の子供たちが女官に連れられてやってきた。二人の息子に一人の娘が周氏との間に生まれた子だ。長女は次男と同じ年に生まれている。もう一人娘がいるが、他の妃が産んだ子だ。その妃は子を産んですぐに亡くなったため、周氏が親代わりとなって養育している。

長男の朱慈烺は三歳になる。抱き上げてみると、先日会った時よりも重たく感じた。成長を感じて、朱由検は笑みを浮かべた。

「よかった、そのように笑ってくださって」

「どうした？」

「お幸せですか？」

「そうだな。そなたには感謝しておる」

周氏が目じりを袖で拭った。朱由検は朱慈烺を下ろして、周氏の手を握った。

「嬉しいです」

周氏の言葉に、朱由検は頷いた。穏やかな日々だ。

けれど、それは束の間だった。

12

「まだ雨は降らぬか」

崇禎六年（一六三三年）、地方からの報告書に目を通しながら、朱由検は呟いた。側にいた王承恩が恐縮したように項垂れる。

「今年も作物は実らぬか」

自分が即位する以前から、天候は厳しい顔ばかりを向けてくるが、ここ数年は手のつけようもない状態だった。一滴の雨もない旱魃が起こり、作物は皆枯れてしまう。わずかに残ったものを蝗がことごとく食べ尽くす。

農耕は国の基本だ。食べられなければ人は荒れる。田畑を捨てて逃げ出すのはまだました。盗賊と化して他の民たちに襲いかかる者もある。そもそも叛乱軍が蜂起した理由も、旱魃で田畑が荒れたことによる。食べられず、税を払えなくなった者たちがその怒りを爆発させたのだ。

「このままではまた流民が増えるな……。捨てられる農地もだ」

「悩ましいことでございます」

「皇帝として、天に祈らねばなるまい。祈禱の用意をするがいい」

「かしこまりましてございます」

「急ぐがいい。そういえば」

平伏したのちに退出しようとする王承恩を、朱由検は呼び止めた。

「そなたはこのような病を知っているか」

「病でございますか？　……まさか、御身に何か！」

「いや違う。朕の話ではない。山西からの書状にこのところ、疫病の知らせが書かれるようになっておるのだ。内容はこうだ」

朱由検は目元を指で押さえた。

「まず熱と頭痛が出て、倒れる。その後に病人の体にはしこりができ、色は紫黒くなる」

「なんと」

「最後は西瓜のような赤い塊（かたまり）を吐いて死ぬという。どうだ、聞いたことはあるか」

「いいえ、ございませぬ。そのような恐ろしい病などただの一度も」

「そうか」

朱由検はため息をついた。

病のために一家が全滅した。死者を見た人間が次の日に死んだ。書状には数々の惨事が記されていた。酷い話ばかりに目を通していたためか、頭痛がする。一体どうしたらいいだろうか。もしこれが未知の病であるとしたら、対処のしようさえ分からない。

そもそも、本当のことだろうか。朱由検の胸に燻（くすぶ）るものがあった。王承恩は今、知らないと言った。自分も聞いたことがない。こんな病が果たして本当にあるのだろうか。

欲に目が眩（くら）んだ者が、都からの援助を受けようと作り話を書いているだけではないだろうか。叛乱軍との戦いの中、かさむ軍費を賄（まかな）うために税を上げざるを得なかった。そのために民の不満が増しているという話も聞いている。もしかすると、税逃れのために戯言（ざれごと）を述べているだけかもしれない。

に対するための処方もあったが、それを聞いていないのだろう。


「知らぬのならよい」

「申し訳ございませぬ、ひとえに私が凡愚でございますため」

「よい。それよりも儀式の用意を早く致せ。誰もが今は雨を望んでいるはずだ」

乾いた大地に恵みの雨を。それは間違いのない事実だ。

朱由検は次の書状を手に取った。目にしなければならないことはまだまだ山のようにある。

明の軍事力をもってすれば、外敵は退けられるはずだ。だが、疫病については手立てがない。

「陛下、周皇后が、お話ししたいとのことです」

曹化淳が部屋に入ってきて、拝礼をした。

「今はそれどころではない。それが分からぬのか！」

朱由検の言葉に、曹化淳が身を竦ませた。

「夜も休まれずに執務をなさっておられるのを、心配なさっているそうです」

曹化淳が平伏する。

朱由検は曹化淳を見下ろして、どうするか考えた。心配なのは国の未来だ。そのためになんとか改善しようと奮闘している。それが分からぬのかという気持ちもある。

邪魔をされているという気持ちもある。だが、周氏とはずいぶん顔を会わせていない。安心させるのも皇帝の役目かと思った。

「……そうか、分かった。会おう」

曹化淳が立ちあがり、笑顔で頷いた。

「それがよろしゅうございます」

曹化淳が扉を開いた。白い布衣を着た周氏が部屋の中に入ってくる。朱由検を見つめて、眉を顰（ひそ）めた。

「お疲れのご様子ですわ」

その言葉に、一気に疲れが噴き出すような心地がした。

「朕がやらねばならぬのだ。臣下たちには任せておけぬ」

宦官と官僚、どちらに力を持たせたとしても傾く。

「なぜですか？」

当たり前のことを問われて、朱由検は顔を顰（しか）めた。

「あやつらは頼りにならぬ」

「また大臣を投獄なさったそうですね」

「誰が裏切るか分からぬ。その前に手を打ったまでのことだ」

「そのようにどなたも信用なさらぬのでは、国の政は進まぬのではありませぬか？　もう少し、人を頼り、仕事をお預けください。すべてを陛下がなさる必要はないのです」

「すべてをやる必要があるのだ！」

自分のやりかたに口を出さないでもらいたい。朱由検が語気を強めると、周氏の顔色が変わった。悲し気な目じりに、朱由検は言い過ぎたかと言葉を重ねようとした。

だが、周氏の瞳は鋭くなり、朱由検をじっと見つめた。

「……陛下が頼りにしているかたにも、そのような物言いをなさるのですか？」

「なに？」

「そのかたはあなたを大事にしてない。七年側でお仕えして来た私が言うのです。どうかお聞き届けくださいませ」

「誰のことを言っている」

「陛下はご存じのはずです！」

周氏の言葉は激しかった。朱由検は頼りにしている者を思い浮かべた。臣下は誰も信用ならない。朱由検が心預けられるのは、懐允だけだ。

ならば、周氏は懐允の存在に気付いているのだ。だが、朱由検にしか見えないとまでは分かっていないだろう。周氏は七年と言ったが、まだ短い。懐允とは十歳の時に出会い、十三年側にいるのだ。周氏が何を言っても、懐允と育んだ絆(きずな)には敵わない。

「口が過ぎるぞ」

「陛下……」

周氏の瞳が潤んだ。きゅっと唇を結んでいる。

「そなたは国のため良く尽くしてくれている。だが、朕のありかたに口を挟むではない」

朱由検が言い聞かせるように告げると、周氏が目じりを鋭くした。

「私は陛下の為に尽くしているのです！　陛下をお慕いしているから！」

周氏の瞳から大粒の涙がこぼれる。朱由検は怒鳴りたくなったが、衝動をこらえた。

「ならば、国の為に尽くすように。それが朕のためにもなる」

「陛下、私は、私は……」

「もうよい、下がるがいい」

朱由検は周氏に告げると、周氏が部屋を出るまでを見届けず、各地から届く報せに眼を通して、裁決をし続けた。

13

崇禎八年（一六三五年）八月、朱由検は、城壁の上で臣下たちを召集した。

「皇帝陛下万歳！」

城壁の下には十万をゆうに超える兵が集まっている。朱由検の立っている場所から見下ろすと、地面を鈍色の粒が覆っているように感じられた。方々から、「皇帝陛下万歳」の声が上がる。いい風が吹いている。

これはきっと良い結果をもたらしてくれるに違いない。

「盧象昇（ろしょうしょう）と洪承疇（こうしょうちゅう）らを東南・西北の叛乱軍との戦いに当たらせる」

「承りました」

盧象昇と洪承疇が前に進み出て拝礼をした。

朱由検は頷き、さらに言葉を重ねる。

「盧象昇には尚方宝剣を与える」

朱由検の言葉に、興奮した面持ちの盧象昇が前に進み出て、謹んで剣を受け取った。

宝剣を与える意味は、皇帝の権威を与えることだ。朱由検の分身と見なして、盧象昇に従うようにと示している。

朱由検は盧象昇たちに期待していた。

日は過ぎて、昼の食事をとっている時に、王承恩が走ってきた。

朱由検の気持ちに応えるかのような報告が届いた。

「我が軍は三十万ともされる叛乱軍と対峙し、強弩(きょうど)を巧みに用いて、これを破りました！」

朱由検は爽快な気持ちになった。

だが、叛乱は収束することなく、各地で人を集めてさらに膨らんでいく。

14

崇禎九年（一六三六年）五月、宮殿で執務をしている朱由検のもとに、王承恩が駆けて来た。

「我が君に、ご報告がございます！」

青ざめており、脂汗を浮かべている。

悪い報せだなと朱由検は思った。

「話せ」

命じると、拝礼をして王承恩が奏上する。

「皇太極が皇帝を名乗りました。国号は大清国であります！」

朱由検は震える指で、筆を机に置いた。

もはや彼らは金の再興ではなく、新たに国を作ろうとしている。そう察して朱由検は奥歯を噛んだ。

皇帝は世界に一人だけの存在だ。天によってそう定められているものだ。それなのに、おこがましくも夷狄の身で、世界の理に楯突こうとしている。

そんなことなどあってはならない。許してはならない。皇帝としてこの不条理を正さねばならない。

朱由検は激高した。必ず倒してみせると誓った。

朱由検は盧象昇に激励の書簡を送った。戦の結果は、紫禁城で待つしかない。

第四章　災祥

1

王承恩が戦況の報告をもって、朱由検の所に現れた。

発言を許すと、王承恩が上奏する。

「叛乱軍の首領の高迎祥は、盧象昇の軍に破られ敗走。さらに洪承疇、孫伝庭らの追撃を受け、叛乱軍はそのたび蜘蛛の子を散らすように逃げ惑いました！」

久々に痛快な出来事であった。

しかし、朱由検の憂いは晴れなかった。清の動向が胸中にわだかまる雲を決して晴らそうとはしなかった。

清は明ではなく、まず朝鮮へと侵攻した。

十万を超える軍勢に対して、朝鮮が用意できた兵はわずか一万二千。戦う前から勝負は明白だった。

崇禎十年（一六三七年）、宮殿で政務を続ける朱由検のもとに、王承恩が報告に現れた。

「朝鮮は清に屈し、現れた皇太極を国王仁祖は三跪九叩頭の礼で迎えました」

やはり、朝鮮は負けたか。

清は強くなっている。最終的な狙いは明だ。だが、清に下ったりはしない。必ずや打ち破る。

この夏、田秀英(でんしゅうえい)が三人目の子を出産した。男子だった。朱由検はその子に朱慈燦(じさん)と名をつけた。田秀英は喜び、朱由検もまた幸せを感じた。

家族は良い。信じられる。

秋になり、田秀英の主催で月見の会が催された。田秀英が三人の男の子をお披露目する会だ。御花園で行われた。

夕食をとった後、朱由検は駕籠(かご)に乗り、御花園に向かった。

御花園は沢山の灯りで照らされている。だが灯りなど必要ないくらい、満月の光が煌々(こうこう)と地上を照らしていた。空を見上げれば、雲一つない大銀河が輝いている。視線を地上に向けると、菊が咲き誇っている。風に揺れるさまは幻想的だった。

「陛下、お越しくださりありがとうございます」

月を背にして、田秀英が優雅に近づいてきた。朱由検は微笑んだ。

「ああ、良い月だな。星々も美しい」

「はい。天候にも恵まれて、とても良かった」

二人で夜空を見上げる。星々の輝きは、どれほどの宝石を集めても敵わない。

田秀英の手が伸ばされて、朱由検の手に触れた。朱由検はその手を握り返した。

その時、御花園に到着した駕籠から、子供が飛び出した。

「父上！」

周氏の産んだ皇太子、朱慈烺だ。今年で八歳になった。以前、王承恩に皇太子をどう思うかと聞いたところ、朱由検の幼い頃とよく似ていると言われた。それで、自分の少年時代を思い返した。

朱慈烺はもう二年もすれば、朱由検が懐允と出会った年頃になる。当時十歳だった朱由検は、自分のことを一人前だと思っていた。だが、傍から見ると、十歳はまだ幼く、なんとあどけないことか。

朱由検はそっと田秀英の手を外した。

「あら」

田秀英の咎めるような声が微かにあがったが、聞こえなかったふりをした。

「おお、よく来たな」

「父上にお会いできて嬉しいです！」

満面の笑みを浮かべて見上げて来る朱慈烺に、朱由検は頷いた。

「朕もだ。そなたは良く勉強に励んでいると聞いておる。引き続き努力を惜しまぬようにするのだぞ」

「はい！」

愛らしい。自分と血が繋がっているからか、朱家の定めか、家臣たちには抱けぬ信頼の情が自然と湧いてくる。

「お招きありがとうございます」

周氏も現れた。白い絹の布衣を着て、子供たちを連れていた。

「お越しくださって嬉しいですわ」

田秀英がつんと澄まして告げた。

「約束は違えません。私は」

にっこりと周氏が微笑んだ。田秀英が少し言葉に詰まる。

「そうですね、皇后殿下は見習うべきおかたですわ」

「ありがとう、そう言ってもらえて嬉しいわ」

子供たちが朱由検に挨拶をする。それを朱由検はにこやかに聞いた。

御花園に子供たちが遊ぶ声が響き渡る。朱由検は子供たちと一緒に、月を見上げ、星について語った。

「父上、黒い蝶がいた」

四歳の朱慈煥が笑顔で近づいてきた。田秀英が二人目に産んだ子だ。

「ほう、捕まえたのか？」

朱慈煥は首を振って、重ね合わせた掌を開いた。

黒い蝶が横たわっていた。ぴくりとも動かない。

「落ちてたの。綺麗だから、父上に見せようと思って」

朱慈煥がにこにこと笑う。無邪気な微笑みは、父を喜ばせようとするひたむきさに溢れていた。朱由検はどう伝えるべきか迷った。

「綺麗だな。見せてくれてありがとう。嬉しいぞ」

朱慈煥の表情がさらに明るくなる。朱由検は目を細めて、にっこりと笑みを作った。

「死んだ虫なんて気味が悪いもの、父上にお見せするなよ！」

朱慈煥がびくりと身を震わせた。背後に朱慈烺が立っていた。朱慈烺は朱慈煥の手から蝶を奪った。

「あ、あー、とっちゃ嫌だ」

朱慈煥は涙目になって、朱慈烺の手に収まった蝶を取ろうとした。

「病気か何かがうつったらどうするんだ！」

朱慈烺が奪った蝶を女官に渡す。女官がちらりと朱由検を見た。朱由検はため息をついて、「太子の言う通りにせよ」と告げた。

朱慈烺が誇らしげな顔をしている。朱慈煥は泣いてしまった。泣き声を聞いて何事かと妃たちが集まってくる。

朱由検は朱慈烺と朱慈煥の手を取り、繋がせた。

「兄弟仲良くしておくれ。朕の願いを叶えてくれるだろう？」

朱慈烺と朱慈煥が顔を見あわせてから、朱由検に頷いた。

「いい子たちだ」

朱由検は朱慈烺と朱慈煥の肩に手を置いて、再び空の上を指さした。

2

翌年、叛乱軍の張献忠は明軍の降伏勧告を受け入れた。高迎祥のあとを継いだ李自成の部隊は明軍に包囲されて大損害を被り、たった十八人しか残らなかった。

もし、ここで彼らを一人残さず捕らえることができれば、朱由検の憂いの一つは雲散するはずだ。賊軍の殲滅を朱由検は祈った。残る十八人の首が都に届けられることを夢にまで見た。

だが、事態は願い通りには運ばなかった。

「清軍が動き始めました」

北方からの使者が跪き、口上を述べる。

「大軍をもって関内を目指している模様です」

ここ数年、清軍はさかんに明の国境を侵していた。塞を破り、男を殺し、町や村を焼いて、女子供を攫っていく。季節は今まさに秋を迎えようとしている。収穫期に農地を荒らされれば誰もが飢えるしかない。あとは流民となるか賊となるかだ。

「なんとしても阻むのだ」

朱由検は即座に命じた。これ以上の国土の荒廃を許してはならない。

「盧象昇は何をしている。急ぎ兵をもって当たらせよ。一人でも多くの民を救わねばならぬ」

もどかしさに舌がもつれる。いっそ自ら戦場に赴きたかった。皇帝がじきじきに足を運べば、きっと軍の士気も上がるだろう。全員が勇猛果敢な志士となって敵を粉砕するに違いあるまい。

だが皇帝はこの世にたった一人だ。玉座を空にするわけにはいかない。

隙を見せた歴代の皇帝がどんな目に遭ったか、身に染みてよく知っている。敵と対峙している間に背中を襲われるなど本末転倒だ。どこにも信頼できる者などいない。

「必ずや敵の侵入を阻止せよ！　撤退は断じて許さぬ！」

朱由検は声を張り上げた。

至高の座から降りぬまま叱咤を繰り返し、朱由検は朗報が訪れるのを心待ちにした。季節は秋が過ぎ、凍てつく冬となっていった。

霜の降りる厳しい寒さの中、ようやく遠方からの報せが届いた。だがそれは、朱由検が望んでいるものではなかった。

「盧象昇総督は戦死いたしました」

「何故だ！」

「十二月十二日早朝、敵の軍勢は我が軍を包囲しました。敵の数は万を超える一方、我が軍はわずか数千の手勢でございます。撃退することはおろか、血路を切り開くことも叶わぬ状況でありました。それでも陛下のご命令通りに、一兵たりとも逃げ出す者はおりませんでした。皆、総督のあとに付き従い、見事討ち死に致しました」

宮廷に辿り着いた者の声は乾ききっていた。謁見のため汚れは落としているとはいえ、疲れは拭いされるものではない。げっそりと痩せた頬のまま、淡々と上奏する。

「総督は、敵に背を見せず最後まで戦場に踏みとどまり、味方を鼓舞し、鬼神の如く戦いました」

「本当か」

「総督の体には、四つの矢傷と三つの刀傷がありました。逃げようとする卑怯者が受ける傷ではございませぬ」

「その者は本当に盧象昇だったのか。もしそうだとすれば、なぜ首を取られはしなかったのか」

「間違いございません。敵から総督を守ろうと、兵の一人がその身に覆い被さったのです」

告げられる言葉はしんしんと朱由検の身を冷やしていく。

「その者の体には二十四本もの矢が刺さっておりました」

告げられる実情に、朱由検を温めるものは何一つなかった。

朱由検は自分の手をじっと見た。寒さのために白くなっている。かすかに震えているのもそのためだろうか。

「分かった。よく伝えてくれた。そちには褒美を取らす」

視線を向けると、伝令が咳きこんだ。口から血が溢れる。ふらりと体の構えを崩して床に倒れた。

「なにをしておる！　陛下の御前だぞ！」

宦官が伝令の側に駆け寄り、体を引き起こした。

伝令は口から血を流し、ぐったりとして動かない。

「息をしておりません」

宦官の言葉に、朱由検はじっと伝令を見つめた。

「なんと、死んだのか……」

「この者の様子は、流行り病のそれに似ております。すぐに死体を移動させます」

宦官たちが伝令の骸を部屋から運び出していった。

流行り病がここまで来たか……。

朱由検は人払いをすると、安らぎを求めて「懐允」と名を呼んだ。

光が集まる。やがて、人の形になっていく。

懐允が朱由検の前にふわりと浮かんだ。視線が同じ高さになる。今はもう、朱由検のほうが背も高い。頭一つ分違う。懐允が浮かんでいなければ、朱由検が見下ろす形になる。

「どうしたの？」

美しい顔に微笑みを浮かべて、懐允が朱由検に問いかける。朱由検はかすかに震える手を懐允に向かって伸ばした。

懐允が手に手を重ねる。触れあった感触はない。だが、懐允が自分のことを想ってくれているのだと分かって安堵した。

「盧象昇は、戦場から逃げ延び生きているのではないだろうか」

報告は聞いたが、疑念は晴れない。

「本当に死んでいるのか疑っているの？」

「ああ……私は疑っている」

ふぅんと懐允が腕くみをした。

「それなら、見てみるかい？」

懐允が提案したが、朱由検は首を傾げた。

「何を？」

「君は盧象昇のいた戦場を見たいはずだ」

「そうだ。私は見てみたい」

だが、見られるものなのだろうか。すでに時は過ぎ去っている。朱由検は懐允を見つめた。懐允は可憐な微笑みで頷いた。

「君の体に負担がかかる。それでもいいかい？」

「もちろんだ」

見られるのならば、見ないという選択肢はない。どうすれば過去の戦場風景を見られるのかは分からないが、懐允ができると言うのならば、可能なのだろう。朱由検は懐允を信じていた。

「それでは行こう」

懐允が手を差し伸べてきた。その手に触れられないと分かっているが、そっと手を重ねる。その瞬間、朱由検は暗闇の中にいた。覚えのある闇だ。

「初めて会った時のことを思い出すね」

隣でぼんやりと光輝く懐允がいた。幼い日よりも死にたくないという気持ちが強い。けれど、懐允が側にいてくれるなら怖くなかった。

「どうやって戦場に行くのだ？」

「目を閉じて」

懐允に言われるまま、朱由検は目を閉じた。遠くから音がしてくる。風が吹いているのを頬に感じる。馬の足音が聞こえる。

「もういいよ、目を開けて」

懐允の言葉に従うと、朱由検は戦場にいた。体が疲労で重くて、手足の節々が痛い。けれど、戦わなければならないと分かった。味方は千人ほどで、敵の騎馬隊に取り囲まれている。朱由検は騎馬に襲われた。だが、体のほうが勝手に槍（やり）を避けた。体が勝手に動く。まるで、自分の体ではないようだ。いや、これは自分の体ではない。いったい誰の体なのだ。

「退くな！　行くぞ！」

聞き覚えのある声がする。右手前方に盧象昇がいた。手にしている剣は柄まで血にまみれている。

味方の火薬と矢が騎馬隊を襲う。しかし、朱由検は反撃がいつまでも続かないと知っている。しばらくして、火薬と矢がなくなった。騎馬隊の猛攻が苛烈になる。

味方が次々に倒されていく。体の持ち主は、盧象昇のほうに駆け寄る。盧象昇の体には矢が一本刺さっていた。盧象昇を襲おうとする敵兵から守る。

この体の主は、相当腕のある人物なのだな。

だが、敵兵は盧象昇を倒そうと、狙っている。盧象昇が、敵兵に二本目の矢を射られた。刀剣を持って襲い掛かってくる兵士たちを、盧象昇が振り払う。

だが、限界が近い。

敵兵の刀剣が、盧象昇の腹に突き刺さった。盧象昇が地面に膝をつく。体の持ち主が、敵兵を殺した。だが、弓が二本射かけられる。

「う、ぐ、う……」

盧象昇が口から血を吐いて地面に倒れた。

体の持ち主がとっさに覆いかぶさる。

全身に痛みが突き刺さる。そうか、この体の主は、盧象昇を守ろうとして、二十四本もの矢を受けた兵士だったか。そう察しながら、鋭い痛みで朱由検の意識は遠のいた。

再び目覚めた時、朱由検は床に倒れていた。頭が割れるように痛い。

「その痛みはしばらく続くよ」

懐允が宙に浮きながら、少し痛ましそうな顔をした。

「これは戦場を見た代償か？」

「そうだね。どうだった？」

「……私はみすみす忠臣を殺してしまったのかもしれない」

朱由検は冥府にいる者の記憶を体験したに違いない。そして、実感した。報告は偽りではなかった。

「悔やんでいる？」

「悔やみきれない」

生前の盧象昇の印象はあまりよろしくなかった。敵から逃げて回るばかりで何の功もない無能ではと疑ったこともある。事実、朱由検に寄せられる評価はそのようなものばかりだった。今回、逃げて戻ってくるようなことがあれば、その時こそ罪に問うつもりでいたくらいだ。死地に置かれてなお奮闘する人材であることに、全く気づかなかった。

「私は何を信じていたのだろう」

届けられる上奏書を頭から信じていたのだろうか。人は裏切り、他人を落とし入れるものなのだということを忘れていただろうか。

「なぜ、信じてしまったのだろう」

佞臣（ねいしん）たちの言葉に惑わされて、見誤ってしまった。

愚か者の轍（てつ）を踏んでしまった。

「私は」

暗君だった。そう言ってしまいたかった。そのつもりはなかったのに、自ら国を傾けてしまった。

「違う」

だが、口にする前に懐允はゆっくりと首を振った。

「誤ったのではない。君が美しかったから。ただそれだけだ」

「なんだって？」

「美しい心には美しいものしか映らない」

思わず顔を上げてみれば、懐允は嫣然と微笑んでいた。美に、魂が吸い込まれそうになる。

「よく磨かれた鏡は物事を歪めずに映し出す。それは鏡のせいじゃない。もし罪を問うのなら、それは美しさを装って鏡を騙した者にあるべきでは？」

「それは……」

「君は万民を照らし映し出す鏡だ。曇っていてはならない」

そう言って朱由検を見つめる瞳には、慈愛が讃えられている。朱由検はその目を見つめ返していた。西域から渡ってきた菩薩像と向かい合った時のような、静かな感動が呼び起こされていた。先ほど聞いた話の血なまぐささが洗い流されていくようだ。

「懐允。聞いてくれ」

朱由検は自分の手を握った。掌には、確かな自分の体温が感じられた。

「私は今回、誤っていた」

こんなことを口にできるのは、彼女の前だけだ。他の誰の前でも、弱音を吐くことなどできはしない。

懐允だけが、自分を自分でいさせてくれる。

「妄言(もうげん)に惑わされ、むざむざ忠義の将兵を失ってしまった。悔やんでも悔やみきれない。だが、いつまでも私は気落ちしていてはならぬ。我が民は盧象昇だけではない」

「そうとも」

「だが、盧象昇の忠義には報いたい。遅くはあるが、皇帝として、このまま何もしないという訳にはいかぬ。こたびの戦いが本物であるのなら、彼の名誉を讃えるに値する」

「それは君だけができることだ」

「私もそう思っている」

冷え切った室内であっても、朱由検の頬に笑みが浮かんだ。懐允は分かってくれている。皇帝であるからこそ、できることがある。

「見ててくれ、私はもう騙されない。誰であろうとうかつに信じたりはせぬ。そなたの言う鏡となって、真実だけを映してみせようぞ」

懐允がいるのなら、何も恐ろしくはない。

朱由検は立ち上がり、大声を上げた。控えていた王承恩がすぐに現れた。墨と筆を用意するように言いつける。皇帝として、死した盧象昇に贈る官名は既に決まっている。

三日後、朝廷は盧象昇の奮戦を讃えて、太子少師と兵部尚書の官職を贈った。

その一方で、盧象昇の死を疑い、戦場から逃げ延び生きていることを望む者たちもいた。盧象昇の身を案じたからではなく、その名誉を汚したかったのだ。楊嗣昌（ようししょう）は三度そのために盧象昇の生死を調査させた。

この年の戦いで明は済南で捕らわれた徳王朱由枢（ゆうすう）を初めとして、二十万を超える捕虜を出した。

3

盧象昇が亡くなった後も清の進軍は止まらず、洪承疇を新たに向かわせねばならなくなった。

「新たに兵を集めよ」

朱由検の命令で約十三万の兵が集められた。

一団となって錦州に向かう。明の命運はこの先の一戦に懸かっている。

天命を得るために人事を尽くさなければならない。

朱由検はたびたび書簡を届けさせ、また報告を要求した。清軍撃退の朗報をそれだけ待ちわびていた。

だが、戦況は期待通りにはいかず、一進一退を繰り返していた。やきもきする朱由検のもとへ代わりに届いたのは、流行り病の報せだ。

病に罹った者はある日、手足の関節部分に小さなしこりができ、その後、食欲をなくして発熱が起こり、最後は西瓜の果肉のようなものを吐く。

家族の一人でも罹れば、全員にうつり、あっという間に、皆死んでしまう。

聞き覚えのある病だ。伝令も同じ病だった。伝令の死体に触れた何人かも死んだ。

だが、あの時の報せは山西方面からだった。今は順徳府や河間府、大名府からと範囲が広がっている。

『道の途中、静海から臨清に至る間で、三人が餓死、三人が疫病死、四人が泥棒に身を落とすという情態を、目の当たりにした。米一石の値が銀二十四両、死人の肉も食べるために取っている——』

書面を読んでいる途中で、朱由検は耐えきれずに眉間を押さえた。目の奥が重く痺れている。

「疫病は本当にあったのか……？」

思わず自問してしまう。以前の自分は、嘘だと判断した。税を逃れるための苦し紛れの出まかせなのだと。だが、こうして次々に書面が地方から寄せられてくる。

流行り病は本物だ。そう認めざるを得なかった。

この国で疫病は決して珍しいものではない。天候が荒れ、旱魃や洪水が起き、雹が降り、蝗が大量発生する。そして人が死ねば瘴気が湧き、病が起こる。

「今年も雨がなく、蝗が小麦を食べ尽くしたと聞いている」

乾いた国土は民を養えない。人々は土地を見捨て、流浪するしかなくなる。

「加えて、賊軍の跋扈もあった」

さらに戦火は人々を容赦なく追い立てる。

耕す者を失った農地は、あっという間に荒れて草地に戻ってしまう。そうなればもう、誰も住むことはできない。

「八方塞がりとは、この状態だな」

痩せ細るのは民ばかりではない。税が取れなければ国も立ち行かなくなる。ここ数年来の戦乱によって、明の軍費はかさむ一方だった。

飢えた兵は戦えない。となると国として税を上げるしかなくなる。だが、民衆はもう何ひとつ持っていない。

いくら叩き潰しても叛乱軍が消滅しないのは、そのためだ。不満を持った人々は、殺されるくらいならばと叛乱軍へ加わる。かくして彼らは肥大する。この国が荒れるほど戦火は広がる。

この悪循環を断ち切りたい。

だがそのための策を持つ者は朝廷に誰一人としていない。朱由検は人材のなさが歯（は）痒（がゆ）かった。

ずらりと居並ぶ者たちの誰もが役に立たない。

自分一人でやるしかない。朱由検は努力を惜しまない。寝食を忘れて執務に励んだ。他人に期待できないのであれば、その分も自らが引き受けるしかない。

だが、それでも時には誰かの声を聞きたいと思う。

「懐允、どこだ？」

朱由検は唯一の名を呼ぶ。

光が集まる。何度見ても神々しい光景だ。やがて光は懐允の姿になった。

「ここだよ」

「そなたは、どう思う？　民は今、戦禍と飢えばかりでなく、病にも苦しんでいると聞いた」

「君は、どうしたいの？」

「無論、助けたい。民を助けることが天から受けた朕の使命だ」

「君は実に英明な君子だ」

側で聞こえる声に朱由検の頬が久しぶりに緩んだ。懐允は、いつもそうだ。朱由検を見守っていてくれる。正しく評価してくれる。

「では、病を抑えるために、どうする？」

「まず、彼らを救済するための場所がいる。そこには食料と薬が必要だ。蝗が飛んでから病が流行り出したからには、蝗を狩る必要もあるだろう。もしかしたら関係があるかもしれない」

「かつて太祖は民のために、薬局を造られた。朕もそれに倣いたい」

「太祖も、きっと君を誇りに思うはずだよ」

「そうか」

朱由検は顔を綻(ほころ)ばせた。年相応の笑みは、だが、ほんの一瞬で掻き消された。

「陛下」

息を切らせて入ってきた王承恩が一息に言う。

「ただ今、報せが届きました。薊遼総督閣下の軍と清軍が激突し、塔山、杏山にて敗北したとの由」

都の北東、薊州(けいしゅう)、遼寧(りょうねい)、山東を広く任せていた総督の軍の敗北に、朱由検は奥歯を噛みしめた。朱由検の顔を見て、王承恩は床に拝復したまま縮こまっていた。

「私は思うのだよ、朱由検」

怒りに全身の血が沸き立っている。どいつも無能ばかりだ。そう叫び出したい。目の前すら白く灼(や)かれて、懐允の姿もよく見えない。

「君の考えは正しい。だが、順位を間違えてはいけない」

笑みを含んだ声だけが聞こえる。

「例えば君の言う通り、医局を作ることにしよう。病人たちは皆そこへ喜んで集まり、治療を受ける。君の仁徳を讃えながら病床に伏している。——そこへ、清軍が襲い懸かったとしたら？」

「そのようなことが起きたら……、彼らはきっと容赦しないだろう」

「あるいは賊軍かもしれないね。医者だろうが病人だろうがお構いなしだ。君は、それに耐えられる？」

朱由検は、かぶりを振った。耐えられるはずがない。きっと彼らは、抵抗すらできず殺される。

自分の民をむざむざと死なせてしまう。

どうすればいい。乾いた呟き(つぶや)にも懐允は答えた。

「先に清軍を追い払おう。賊軍もだ」

皆を助けるには、まず、この国を安全にしなければならない。

懐允の指摘することは、もっともだった。戦地の中で助けられる者の数など、たかが知れている。

「もっと大勢の人を動かすんだ。何万、何十万もの、だ」

「何十万……」

「この国全土の人々を掻き集めるんだ。そうするがいい朱由検。それが君の望みのはずだ」

「そうだ……」

「君の愛する人々のためになるはずだ」

「その通りだ」

なぜそんなことに気づかなかった。

「使いの者は今どこにいる」

朱由検はまだ床に這いつくばっている臣下に問うた。

「今すぐ皆を召集せよ。これは命令だ、今より軍議を始める」

立ち上がり、袖を翻して朱由検は大股に歩き始めた。懐允の姿は、どこにもなかった。

となると、これが正しい道であるはずだ。

4

崇禎十二年（一六三九年）三月二十七日、朱由検は田秀英の肩を抱いていた。目の前の寝台では、田秀英が三人目に産んだ子、二歳の朱慈燦が熱い息を吐いて寝込んでいる。

二日前から、原因不明の病を発症したのだ。

「ああ、苦しいでしょうね」

田秀英が朱慈燦に呼びかける。だが、朱慈燦の返事はない。田秀英が目に涙を浮かべて朱由検を見上げた。

「どうして熱がさがらないのでしょう。まだ幼いのに、こんな苦しみを経験しなくてはならないなんて」

「そうだな」

「私が代わってあげたい。子供が苦しむ姿を見るくらいなら、私が！」

「その気持ちは分かる」

「ああ……いけません。陛下に何かあっては。そう、何かあってはならぬのです」

田秀英が首を振った。

「朱慈燦のためにお越しくださりありがとうございます。しかし、陛下がこの病にかかってはなりませぬ。あとは私が看(み)ますので……」

ぐすんと鼻をならして田秀英が告げた。気丈に振る舞おうとする田秀英の姿に、朱由検は胸を打たれた。

「朕も残ろう」

朱由検が告げたところで、王承恩が歩み寄って来た。

「陛下、御身は国の父であります。何かあってはなりません」

「それは……」

分かっているが、家族を大事にしたい気持ちもある。迷う朱由検に田秀英が頷いた。

「そうです陛下。どうかこの子のためにも、良き国にしてくださいませ」

頼みますと、田秀英に懇願され、朱由検は折れた。

駕籠に乗り、宮殿を離れる。

二日後、朱慈燦は死んだ。

5

崇禎十四年（一六四一年）、洪承疇は十三万にもおよぶ大軍を率いて、清軍と対峙すべく寧遠に向かった。

一方で、清軍の動向に呼応するように、李自成の元叛乱軍は息を吹き返した。

李自成らを追い詰めていた盧象昇や洪承疇がいなくなった今、遮る者は、もはや誰もなかった。

一月、叛乱軍たちは洛陽を包囲した。ここは万暦（ばんれき）帝に溺愛され、政争の原因ともされた万暦帝の息子の福王朱常洵が治める土地だ。朱由検にとっては叔父にあたる。
このまま見捨てるわけにはいかない。

「参政の王胤昌、総兵官の王紹禹に命じる。援軍として、洛陽へ向かえ」

王胤昌と王紹禹はすぐに応じて出征していった。

だが、洛陽の陥落は、あっけなかった。報告を受けて、朱由検は声を荒らげた。

「派遣した者どもは何をしていた！　洛陽に着いてから時間はあったはずではないか！」

周囲の臣下たちが身を竦める。その反応がさらに朱由検を苛立たせた。

「恐れながら福王殿下のご歓待を受けておられましたため」

曹化淳が拝礼して述べる。周囲がどよめいた。まともに返事を返せる者がいたかと思いながら、朱由検は椅子に座りなおした。

「歓待だと？」

話を続けよと朱由検は曹化淳に命じた。

曹化淳は恐縮しながら、唇を開いた。

「数日間に及ぶものだったとのことでございます。お怒りはごもっともでございますが、殿下たってのお誘いを断ることは、臣下の身として出来かねたのでしょう……」

朱由検は額を押さえた。

そのようなことをしている時ではなかったはずだ。朱由検は呻いた。街の外には叛乱軍たちが犇めき合っており、中では避難してきた民衆が飢えに苦しめられていただろうに。

万暦帝から溺愛されてきた常洵は贅沢に慣れきっており、そのための財を税として民衆から取り立てることに、何の疑問も持たなかったのだろう。

また、皇帝より多いと噂される蓄えを、官軍への軍資金として出すことさえ拒否するくらいに愚かだ。

「援軍として派遣されたある兵士は、このような恨み言を残しております。『王府には百万もの金があるのに、俺は空腹のまま賊の手に懸かって死ぬのか！』と。洛陽の陥落はあっけないものでした。城壁を取り囲まれ、初めて千金を出して勇者を募るも、金を受け取った彼らは皆どこかへ行きました。さらに、王紹禹の兵たちは城壁越しに叛乱軍と笑い合うという、あからさまな士気の低さだったと」

曹化淳の報告には、嘘がないように思えた。

「そうか」

「その日のうちに城楼は燃やされ、北門は賊の手に落ちました。常洵殿下は己の財を何一つ持ち出せぬまま、街から逃げ出すしかありませんでした」

「逃げたのか」

「はい。常洵殿下は近郊にある迎恩寺に逃げ込んだのですが、翌日には李自成らに見つかって捕縛されました。殺されたあと、鹿の肉と一緒に煮られました」

朱由検は煮られた叔父を想像して、吐き気を覚えた。

「……そのような辱めを受けたのか」

「李自成らは、これを『福禄酒（福と鹿は同音）』と呼び、惜しみなく部下たちに振る舞ったそうです」

皇族が賊の手にかかった。朱由検にとって、これ以上の驚愕はなかった。

三日間、朝議も停止させて朱由検は悩み苦しんだ。

何がいけなかったのだろうか。こんなことなど望んでいなかった。だから援軍を送った。叛乱軍を今度こそ根絶やしにするつもりでいた。叔父の住む土地を平和なものにするはずでいた。だが、どれも果たせなかった。

街は落ち、財は奪われ、叔父の体は禽獣のように貪り食われた。

自分のせいだろうか。自分に力がなかったために、こうなったのだろうか。自分が皇帝であったがために――。

「懐允！」

友の名を呼ぶ自分の声は悲鳴のようだった。

「懐允！　いるのか！」

「いつもいるよ」

側に何者かが現れる気配がした。

「私は、いつも君の側にいる。もう、君から離れることなど、ない」

「懐允。朕は」

振り返れば、いつものように美貌の主が立っている。どのような画家に描かせてもなし得ない玲瓏な姿が、じっと朱由検を見つめている。

「朕は」

美しい目を見て、朱由検は躊躇った。懐允が今こうして自分の隣にいることが、初めて恐ろしいと思った。

懐允はすべてにおいて完全だった。

どのような花であれ鳥であれ、懐允と美を競うことなど無理だろう。懐允以上に美しい存在を、朱由検はまだ見たことがない。

そんな懐允にとって、朱由検はどうなのだろうか。はたして懐允に釣り合った人間なのだろうか。

皇帝として相応しい人物なのだろうか。

「怖がることはない」

牡丹の花が開くよりも優雅に懐允は笑った。

「君はよくやっている。この国の誰よりも力を尽くしている」

「そうか……？」

「君の一番側にいる私が言うんだ。間違いない」

「そうか……」

朱由検の胸に温かさが灯った。

凍えて震えるしかなかった体の奥が、ゆっくりと軋（きし）みを上げている。凶報に凍ってしまった心が溶け出していく。

「朕はまだ、玉座にあるべき者だろうか」

「あの椅子は、君以外の誰にも相応しくない」

懐允の言葉が、朱由検に温もりを与えていく。

「君には一番黄色が似合う」

黄色は皇帝の証の色だ。

「懐允」

「私が言うからには間違いない。信じてくれ」

「信じる。信じるとも」

朱由検は何度も頷いた。

「君の言うことなら何だって信じる」

懐允の言葉の自信がどこからくるものか、朱由検には分からない。

だが、そんなことはどうでもよかった。今は懐允を信じたかった。信じられなくなるほうが恐ろしかった。

自分が自分でなくなりそうなのが、恐ろしかった。

「だから朕を導いてくれ」

震える声で朱由検は懐允に懇願した。もはやそれは訴えと同じ響きだった。

6

崇禎十五年（一六四二年）、明の東北部では洪承疇と清軍との散発的な戦いが始まっていた。

二月二十八日、洪承疇の奮闘も虚しく、清軍によって松山城が陥落する。明は四月二十九日までに五万の兵を失う他、松山、錦州、杏山など三城を奪われた。

朱由検は洪承疇戦死の報せを受け、十六の祭壇を築き、自ら祈った。王侯にも等しい破格の待遇だ。

だが、洪承疇は死んだのではなく、髪を剃り、他の将兵らと共に清軍に降伏していた。このことを儀式の途中で知った朱由検は、途中で壇を降りた。

自室にこもり、人払いをして、懐允を呼んだ。

「どうしたの、陛下」

懐允が麗しい微笑みを浮かべて問いかけてくる。

「また戦場を見せてくれ。洪承疇は本当に死んでいないのか？」

「苦しむことになるよ」

以前味わった死の衝撃と、頭痛を思い出したが、決意は変わらなかった。

「それでもいい」

「分かった。じゃあ、見に行こう。目を閉じて」

朱由検は言われる通りに眼を閉じた。

「さぁ、行くよ。目を開けて」

再び目を開けると、体の持ち主は手を後ろで縛られ、地に座った格好をしていた。左右にも同じような格好をした武将たちがいた。見覚えのある者もいる。

こやつらすべて裏切者か。怒りが臓腑を煮えたぎらせる。

目の前には天幕が置かれている。髪を剃った洪承疇の姿があった。天幕の前に椅子があり、そこに何者かが座っている。見覚えはない。ひげを生やした体格のいい四十半ばの男だ。洪承疇はその人物に取りすがっていた。

「どうかお考え直しを！」

「それはない。もう決めたことだ」

煩わしそうに男は訴えを退ける。敵将だなと朱由検は思った。何か約束を違えられたとみえる。

「こ奴らはそなたとは違う。ろくに戦いもせず、国を裏切り敵に降るような者どもだ。信頼できぬ」

「それは違います！　彼らは私と共に戦い抜いたのです！」

洪承疇が吼える。左右を武将たちに抑えられるが、それでも口を開けて訴えを止めない。

「ろくに戦いもせずと仰せですが、ではどのように我らは戦えばよかったのか！　いくら要請しても、援軍も糧秣も送られず、兵たちは食べることさえ事欠く事態だった！　訴えはどれも握りつぶされた！　そのような国のために、どうやって最後まで戦えと！」

強い風が吹いた。天幕がはためいて音を立てる。

「知らぬ」

敵将はあっさりと退けた。洪承疇が取り縋る。

「彼らは私を信じて城門を開けたのだ！　すべての責は私にある、殺すなら私を殺すがいい！　彼らに罪はない、ただ私の命に従っただけだ！」

敵将が視線をこちらに向け、洪承疇に告げた。

「今ここにあることが罪だ。命欲しさに主君を裏切ったことには変わりない」

「違う！」

「もう決まったことだ、これ以上喚くでない。首を跳ねよ！」

何が起きているのか。洪承疇は助かるが、武将たちは殺されるというのか。

どうせなら洪承疇も殺されてしまえばいい。

体の持ち主が引っ立てられる。簡易な刑場には、見覚えのある武将たちの首が並んでいた。

洪承疇が痛ましそうな顔をしている。祖国を裏切るからそのようなことになる。武将たちの信頼をも裏切った。朱由検は奥歯を嚙んだ。首筋に鋭い痛みを感じた瞬間、目が覚めた。

「どうだった？」

頭痛がする。呻きながら、朱由検は床から起き上がった。

「本当に、裏切っていた」

「知りたくなかった？」

「いや、知っておかねばならぬことだった」

朱由検の頰を涙が伝っていった。

7

五月、叛乱軍が開封を包囲した報せが入った。まるで蚕に食べられる桑の葉のように、明は国土を失いつつあった。

朱由検は仕事の手を休めなかった。眠る時間も惜しかった。皇帝のもとに届く書状はこのところ量を増す一方だった。

皇帝に疑われ罰せられるくらいなら判断を最初から委(ゆだ)ねればいいと、瑣末(さまつ)な事柄まで裁量を仰がれるようになっていた。

仕事を任せられる才能ある臣下は、既に王朝から姿を消している。朱由検がそのように命じたからだ。

彼らの笑い声が耳に聞こえる気がして、朱由検は時折、筆を持つ手を止めて歯を噛み締めた。

また、奇妙な病は、さらに峻烈さを増していた。

病の流行は、北京の郊外でも激しくなりつつあった。通州では「一家全員が命を落とし、収拾がつかない」と報告され、昌平県からの書状には「患者が死んでいるのを見ただけで、絶滅した家族もあった」とあった。

天津からは、「天が疫病を送り、流行している。一日、二日で亡くなる人、朝から晩までに亡くなる人、毎日何百人もの人がいて、一家全滅した人もある」と伝えられた。

国が万全であれば、ただちに手を打てる。

国庫を開き、病人に薬と粥(かゆ)を配布する。医学者たちに治療法を調べさせ、全国に伝えさせるのもいい。

だが、今の明に、その力はない。

国庫の金は軍資金として、右から左に消えていく。各地に送り出すのも軍隊だけで精一杯だ。

「仕方がない」

朱由検は呟いた。

「今は非常時だ。仕方がない」

清軍を国境の向こう側へ追い払うまで、叛乱軍を殲滅するまで、皆には我慢してもらうしかない。

悔しいが、皇帝といえども、できることに限界はある。そう思っていた朱由検が愕然と立ち尽くしたのは、七月のことだった。

皇貴妃田秀英が病死した。

後宮の皇妃たちの中で、田秀英はもっとも朱由検が寵愛していた。田秀英は皇后である周氏との仲は悪かったが、朱由検は田秀英を手放さなかった。昨年に皇貴妃にしたばかりだ。

その田秀英が病に倒れた。

忙しい日々が続く中、田秀英に会う時間は、ほとんどなかった。周氏を始め子供たちともまるで顔を合わせていない。

朱由検の頭の中は常に清軍と叛乱軍で占められ、家族にまで気を回すゆとりがなかった。

なぜ、と最初思った。なぜ田秀英が病に伏していた時、誰も知らせてくれなかったのか。無理だ。見舞いに行くように勧めてくれなかったのか。

無理だ。すぐに首を横に振った。そんなことを諫言(かんげん)してくれるような臣下など朱由検にはいない。

誰一人として朱由検を助けようとはしない。皆、他人の顔色を窺(うかが)い、自分の保身だけを考えている。

「懐允」

だが、と朱由検は思った。

「いるか。懐允」

懐允だけは違うと思っていた。光が集まる。やがて人の形になった。

「いるよ」

懐允が朗らかに答えた。まるで悲劇などなかったように。

「話を聞かせてくれ。――我が皇貴妃が先ほど死んだ」

「知っているよ」

「どうして！」

鈴の音のような声に、朱由検は激昂した。

「知っていたのなら、どうして私に言わなかった！」

「何を？」

「田秀英が病床に伏していたことをだ！　皇貴妃が病に罹ったことを、死にかかっていたことを、なぜ黙っていた！」

「君は知りたかったの？」

「当然だ！」

朱由検の声は自分でも驚くほど震えていた。

臣下であればここで這いつくばり、許しを請うていただろう。懐允は目を少し細めただけで、いつもと変わらなかった。

「なぜ？」

「なぜ分からぬ！」

「分からないから訊いている。君は知っているはずだ」

美しい響きで懐允は言う。

「田秀英は決して治らなかった」

「そんなことは……」

「君は知っているよね。今この国で流行っている病のことを。誰も治った者はいないんだ。田秀英だけが耐えられるはずがない」

「そんなことは分からない」

「いや、分かっているはずだ。聡明な君ならばね。田秀英が病に罹ったと聞いた時、君は疫病のことを考えたはずだ。もし田秀英がこの病に罹ったのなら、先は長くないと考えたはずだ」

「そんなことはない！」

「事実は変えられないんだ、陛下。君は知っているはずだ」

「そんなことを私は望んでなどいない！」

叩ききるように叫ぶと、また懐允は目を細めた。今度は少し長かった。

ああ、と珊瑚色の唇が吐息をついた。

「そういうことか」

小さな足がふわりと宙を歩く。

「君は、分かっていないんじゃない。望んでいなかっただけなのか」

玉を彫り出したよりも白い顔が近づいてくる。

「田秀英が君の側からいなくなることを、望まなかっただけなのか」

「私は、そんなことなど望みはしない……！」

朱由検は耐えきれず、この場に崩れ落ちた。冠を捥ぎ取り、頭を掻き毟った。激情が全身にほとばしっていた。床に身を投げ出して叫び出したくなるのをこらえるのが精一杯だった。

「なぜ皆が私から離れていく？」

絶望が五臓六腑に刃を突き立てる。

「信頼していた将は敵陣に下り、情を交わした貴妃はこの世を去る。なぜだ。私はそんなことなど望んでおらぬ」

切り裂かれた傷の向こう側に見えるのは虚無だ。

「一度たりとも望んではいない……！」

気が狂いそうだと思った。これ以上は耐えきれなかった。

帝位に昇って以来、自分の望みとは逆のことが次々と起こる。

土地は荒れ、民は逆らい、敵は城を焼き尽くしていく。かけがえのない家族でさえ留まらない。

自分は一人だ。一人ぼっちだ。

たった一人でいったい何ができるだろうか。

「陛下」

ふわりと袖が揺れるのを朱由検は見た。

「約束しよう。私は君の望みを叶える」

重みのない腕が自分を包んでいる。

「君は私の望みを叶えてくれた。ならば私も、君の望みを叶えよう」

さあ、と触れられそうな間隔で懐允は言った。

「言ってくれ。君の望みはなんだ」

朱由検は最初、何も言えなかった。

忙然として目の前の懐允を見つめていた。その容貌は真摯だ。黒い瞳はまっすぐに朱由検に当てられている。

「――側に」

無意識の内に出た声は掠れていた。

「側に、いてくれ」

乾ききった声の代わりに、両目からぼろっと滴るものがあった。

「朕の側を、離れないでくれ」

涙しながら、朱由検は懐允の背に腕を回した。搔き抱こうとした体は幻だ。腕に得るものはなにもなかった。

もしかしたら、と朱由検は思う。もしかしたら自分の望みも、こんなものなのかもしれない。

願うだけで得られない、形のないものなのかもしれない。

「分かった」

泣き震える朱由検の側で、懐允は美しく言った。

「君の望みを叶えよう。必ず」

だが虚無でもいい。袖で自分の顔を覆いながら朱由検は思った。

今は、この言葉があるだけでいい。

「懐允、頼みがある」

「なんだい？」

「田秀英の死を見せてくれ」

朱由検を求め、朱由検も応え、三人の子を産んでくれた人だ。長く連れ添ってきたというのに、別れも言えなかった。どんな病に殺されたのか、知りたくもあった。

「耐えられる？　後で痛い思いをするのは覚悟のうえだね？」

「知らないほうが耐えられない」

このまま現実を受け入れてしまうことなどできないと思った。

「分かった。目を閉じて」

促されるままに、朱由検は目を閉じた。

「目を開けて」

息苦しい。なんて苦しいんだ。それに全身が熱くて、頭が痛い。

体の持ち主は、寝台の上に横たわっていた。見覚えのある天井だ。ここは田秀英の宮殿である。体の持ち主は、田秀英に違いない。

近くに子供たちの姿はなく、女官たちが沈痛な面持ちで控えている。

込み上げてくる衝撃に、田秀英が何かを吐いた。赤い血が枕を汚した。朱由検は苦しさを覚えた。胸のあたりが重たくてしかたがない。呼吸がしにくい。息苦しい。

「貴妃様、お顔をお拭きいたします」

女官が濡れた布巾で田秀英の顔を拭った。冷たさが伝わってくる。火照（ほて）った体には心地よかった。

だが、一瞬のことだ。田秀英はまた苦しみだす。

「薬湯をお持ちしました」

田秀英が起き上がろうとする。だが、体が重たくて動かない。女官たちが田秀英の上半身を支えて、力を込める。上半身が少し起き上がる。背中に毛布を畳んだものが挟み込まれる。口元に杯が近づいてくる。

飲もうと唇を動かした時、盛大に血を吐いた。女官の悲鳴があがった。それに声をかける余裕もない。田秀英の頭は項垂(うなだ)れた。視界が急速に狭まっていく。

死が近いのだと朱由検は察した。

こんな寂しいところで一生を終えるのか。朱由検も訪れず、子供たちもいない。

ああ、誰かが報せてくれたら良かったのにと、朱由検は悔しく思った。

田秀英は一人きりで病と闘い、追い詰められていく。

もっと田秀英を気にかけてやればよかった。田秀英がどうしているか、後宮のことを皇后である周氏に任せきりにせず、興味をもっていればよかった。

田秀英の体は、意識がもうろうとし始めた。さらに呼吸ができなくなっていく。苦しい。頭が痛い。熱い、辛い。

ああ、無念だったろう。朱由検は田秀英の胸中を想像した。

すべての苦しみから一瞬だけ解放されて、そのまま意識を失った。

「おかえり。どうだった？」

「あのような死にかたをしたとは……」

「恐ろしい？」

「もっと気を遣ってやればよかった。朕は……そなたしか愛せぬ。けれど、田秀英は朕を支え、良き母であった。その功に報いることができなかった。……あのような病が流行っているとは……」

「恐ろしい？」

「ああ、とても」

じわじわと苦しめ続けられて死んでいく。手を尽くしても、救えない。未知なる病はおぞましかった。

「君は大丈夫だよ。私が側にいるから」

「ああ、信じている。……だが、この病はどう手を打てばよいのか」

「戦に勝つしかない。話したよね？」

「そうだ。やるしかない……」

朱由検は頭痛を覚えた。これからしばらくは苦しむことになる。だが、田秀英の味わった苦しみを考えれば、それくらいは平気だと思えた。

この年、開封は完膚なきまでに破壊された。かつては王朝の首都であり、今もなお周王府が置かれ繁栄していたこの街に手をかけたのは、叛乱軍ではない。黄河が決壊し、濁流に飲み込まれたということだった。これまでにも何度か水害には見舞われたが、今回の被害は多数の溺死者が出る甚大なものだった。

報せを聞いた朱由検は、暗澹たる気持ちになった。

古来より治水は皇帝の役割だ。黄河の氾濫は、天が己の怠慢を叱責しているように思えた。

現に自分は何も成し得ていない。

各地から続々と寄せられる書状にはその有様が克明に記されている。飢え渇きことと切れていく民の惨状は、即位して以来悪化する一方だった。祖父や父の治世の頃より酷いかもしれない。

祖父の万暦帝は即位してから二十年もの間、誰一人として臣下を寄せ付けなかった。兄天啓帝は大工仕事に打ち興じるばかりだった。そんな彼らより自分の治世は劣っているのか。

そう思うと朱由検の目の前は真っ暗になる。そうでないと、誰かに強く否定してもらいたかった。名君だと民から讃えてもらいたかった。

らわすこともせずに、再び政務に取り掛かった。

「君は間違っていない」

暗い目をする朱由検の側で、慰めを与えるのは懐允だけだ。

「君は何一つ間違っていない」

こう囁かれると、朱由検はほんのわずかだが微笑むことができた。外へ出て気を紛

8

崇禎十七年(一六四四年)一月、李自成は西安王を名乗り、国号を大順とした。

報せを受けた朱由検は忙然とした後、怒りに拳を握った。農民の分際で皇帝に歯向かうのも許しがたいのに、王を僭称するとは。

「そのようなこと」

断じて受け入れてはならない。

至急、朱由検は廷臣を集め、朝議を開いた。恥知らずどもをどのように処罰すべきか。誰を将として差し向ければいいのか。

階上からの問いに、答えられる者は誰もなかった。

昨年、潼関に攻め入ってきた李自成らによって、孫伝庭が戦死している。かつて洪承疇と共に叛乱軍と戦ってきた武将だった。孫伝庭の跡を継ぐと名乗り出る者はいない。

誰も、朱由検と共にこの難局を乗り越えようとは望まない。

彼らは皆、顔を伏せ、人形のように黙していた。もはや朱由検を見ようとする者すらいないことを、悟らざるをえなかった。

朱由検はもはや、皇帝ではない。

「朕は亡国の君にあらざれども、汝(なんじ)ら臣はことごとく亡国の臣なり」

朱由検は吐き捨て、そのまま玉座を蹴(け)って自室に引きこもった。

9

静かな室内で、朱由検はぼんやりと日々を過ごしていた。

「陛下」

朱由検のもとに周氏がやって来た。

「何をしに参った」

人とは会いたくないと、臣下には命じていたはずだ。

恭しく拝礼したあと、周氏は静かな声で語り始めた。

「どうぞお聞きくださいませ。賊軍はいよいよこの都に迫ってきているとのことでございます」

そうか、としか思わなかった。

仕事を放り出してしまったこの数日、この部屋の外でいったい何が起きているのか分からなくなっていた。賊軍とは、まるで遠い国の言葉を聞いているかのようだ。

「それで、そちの用は？」

「つきましては、玉体を南方へお移しあそばされてはいかがでしょうか」

朱由検は耳を疑った。

「……南方だと？」

周氏が大きく頷いた。

「さようでございます。陛下、我らには、まだ南にもう一棟の家がございます」

「南の家。どこのことだ？」

「宋の御代のことでございます。夷狄によって欽宗が北へ連れ去られた後、弟君は南京にて即位し、宋を再興あそばされました」

「どうしてそんな遠い街の話をする」

「古き話ではありますが、今、我らが直面している事態とまさに同じではございませぬか」

「なんだと？」

「今、我らは北に清、西に賊軍と相対し、このままでは社稷を守り通すことも難しゅうございます。今は雌伏の時と思い、ここは故事に倣って、南におうつりあそばされてはいかがでしょうか」

　朱由検はぼんやりと周氏を見つめた。どうしてこんな話が出るのかが分からない。少なくとも自分の望みではない。

　南京はここから何千里も離れた場所だ。宮殿も祖先の墓も打ち捨て、そこへ落ち延びるなど、夢物語でしかない。

　ああそうだ、これはきっと夢だ——。

　靄がかかった頭のまま、朱由検は思った。これは自分が寝台に横たわって見ている夢だ。ここに誰か来るはずなどない。

　そうだ、自分は百官すべてから見捨てられているのだと、先日、つくづく思い知ったばかりなのに。

「どうかこれ以上お心をお痛めになられませぬよう……。いつまでもこのように、お一人で悩まれていてはなりませぬ」

「一人ではない」

朱由検は初めて声を上げた。

「私は決して一人ではない」

一人ではない。懐允がいる。

「陛下」

「要らざる諫言を口にするな。私はここを動く気はない」

「陛下。なにとぞ」

「黙れ。私を誰だと思っている！」

朱由検はがばりと立ち上がった。

いきなりの動作に体がついて行かず、くらりとした。よろめいた朱由検を見て周氏が小さく悲鳴を上げる。

「近づくな無礼者！」

一斉に部屋に入ってきた宦官たちに、朱由検は怒鳴った。

「誰が近づいてよいと言った。下がれ、この部屋から全員下がれ！　今すぐだ！」

「陛下」

「私は、ここを動かぬ。絶対に動かぬ」

ふわりと頰の空気が動くのを感じた。蝶が舞い降りるようなその表徴は目で確認しなくとも分かる。懐允がいる。

約束通り、懐允だけは朱由検の側に常にいる。

「賊軍であろうと清軍であろうと知ったことか、私は死ぬまでここにいる。分かったか、これは皇帝の命ぞ。私の代で南京に遷都などあり得ぬ」

「陛下」

「くどい！」

朱由検の言葉に宦官たちは一斉に床にひれ伏し、周氏はすっかり青ざめていた。

「……また、参ります」

打ちひしがれた周氏の声は、朱由検の心を微塵も動かさなかった。

周氏たちが部屋を出たあと、朱由検は大きくため息をついた。不安や失望のものではない。安堵の息だった。

触れることのできぬ織手に、朱由検はそっと頰を寄せた。

三月一日、大同が陥落した。
三月六日、宣府が陥落した。
三月十五日、李自成ら叛乱軍が北京を取り囲んだ。

崇禎十七年（一六四四年）三月十八日。この日、北京は西方からの砂が霾となって掛かっていた。

鈍い色をした日が沈んでいく中、正陽門の楼上に三つの赤い提灯（ちょうちん）が揚げられた。城門放棄の合図だ。

時はすでに決した。朱由検は息子たちに平民の服を着せて紫禁城から脱出させた。息子たちは、ほとぼりが冷めた頃に江南へ落ち延びる手はずになっている。その後、明王朝の復興を目指す。

もっとも、付き従う臣下たちがいれば、の話だが。

皇妃たちと娘らは、敵の手に落ちればどんな目に遭わされるか分からない。部屋に周皇后以下女たちを集めた。娘たちも同じく呼び集めた。

「陛下のお望みのままに」

もはやそれ以上のことは口にせず、悲しみを目に宿したまま、しかし迷いなく周皇后は首を括って自害した。

その後、朱由検は剣を取り出して、鞘から抜いた。

悲鳴は上がらなかった。朱由検は覚悟を決めて、自らの手で妃たちに切りかかった。一人、また一人と床に倒れていく。誰も逃げようとはしなかった。

「ああ、そなたはどうして皇帝の娘に生まれてしまったのか！」

娘を前にして朱由検は泣いた。泣きながら娘を斬った。

起き上がる者がなくなったあと、朱由検は禁色の龍袍の袖を揺らして、危急を知らせる鐘を鳴らした。だが、参じたのは宦官の王承恩ただ一人だった。

他の者は皆、逃げたとみえる。沈みかけている船から、鼠(ねずみ)は逃げ出すものと決まっている。

すでに北京の城壁は開かれ、叛乱軍は朝になりいっせいに城内に入り込んできている。じきにこの宮殿も混乱の坩堝(るつぼ)と化すだろう。

そうなる前に、為さねばならないことがある。

朱由検は宮殿を出ると、まっすぐ北を目指した。

裏手には煤山(ばいざん)（景山）と呼ばれる山がある。目指すはその地だ。ただ一人の伴を従えながら、朱由検は歩き続けた。

いや。自分は一人ではない。

「懐允、どこだ」

足を止めず、朱由検は懐允を求めた。

「ここだよ、陛下」

現れた懐允はいつものように、美しい笑みを浮かべている。

「いたのか」

「私はいるよ。いつであろうとどこであろうと、君の側を離れずにいる。そうだろう？」

「そうだったな」

朱由検は笑った。

「そなたは私から離れない」

懐允だけは約束を守っていた。

「それ故に訊きたいことがある。私をいつも見ていたそなたであれば分かるだろう。教えてくれ」

「なにを？」

「私は、どこで誤ったのだろう」

朱由検は淡々と呟いた。

暗君になるつもりなどなかった。民のため、国のために働く英邁なる皇帝を目指していたはずだった。

だが、今こうして目の前に広がる光景はなんだ。

山の中腹から見る王都は、今まさに朝日を受け輝き始めていた。広大な版図を有する明の首都はかくも美しい。

しかし、そのあちこちには炎と煙が上がっている。夜明けを歌う鳥の声を掻き消すように、叛乱兵たちの鬨の声が響き渡る。じきに悲鳴も加わるはずだ。滅びは今まさに始まろうとしている。

「君は誤ってなんていない」

「そなたまで追従など口にしないでくれ。もう分かっている。私は誤ったのだ」

祖先から受け継いだ土地は、ことごとく奪われた。そこに生きる者たちは皆飢えと病に倒れた。

なに一つ、自分は遺せなかった。我が子すら屠った手に残ったものは、虚しさだけだった。

「私は愚かな皇帝だった」

なんの気負いもなく、朱由検は言った。いつかのように声は震えなかったのがせめてもの救いだ。

今ならどんな罵声(ばせい)であろうと、耳を傾けることができる気がする。それが懐允のものであったとしてもだ。

いや、懐允になら笑われてもいい。出会ってから今まで共にいた懐允こそ、朱由検の暗愚さを分かっているはずだから。

朱由検は口を閉ざし、懐允の言葉を待った。

どのような言葉であれ、懐允の声で語られるものなら、きっと美しいに違いない。ならば早く耳にしたい。

「そんなことは言わないでくれ」

悲しそうな声に、朱由検の足が止まった。

振り返れば、懐允の顔は翳(かげ)っていた。

「私たちは、ただお互いを愛し合っただけだ。それを過ちと呼ばないでくれ」

俯(うつむ)いた顔は憂いていた。濃い睫毛(まつげ)が目元に影を落とす。

「私は君を愛することができて、幸せだった」

懐允の声は絹糸よりもか細かった。

「君と出会えて幸せだった。私は知らなかった、人を愛することがこんなにも幸福であるのだとは。だから君を私は心から愛している」

「懐允……？」

「君も私を愛していると言ってくれた。側にいて欲しいということは、そういうことではなかったのか？」

　懐允はゆっくりと頭を振った。はらりと散った透明な珠は涙だろうか。

「私を愛したことを過ちとは呼ばないでくれ」

「そなたは」

　悲嘆に身を震わせる姿に、朱由検は声を掛けようとした。いや、問い掛けようとした。

　なぜそのようなことを言い出すのかと。

　そなたは一体、何者なのかと。

　子供の頃、同じことを懐允に問うたことがある。冥界の番人なのかと、幼い思いつきも口にした。

『そのつもりはないよ。似たようなものかもしれないけどね』

　その答えをどうして今まで忘れていたのだろうか。

「もしや」

懐允が人ではないという事実を。――自分はあえて忘れていた。だから、一度たりとも考えなかった。

「そのつもりで」

懐允の愛とは、何なのかと。

懐允は側から離れなかった。

朱由検が皇帝になることを望んでいた。叛乱軍と、清軍と戦い続けることを強く勧めた。

その結果、何が起こったか。――国の荒廃と外敵の侵略に、挙げ句の果ては滅亡だ。果たしてそれだけだったか。

かつて山のように奏上された文書の中に、このような一文があった。

『疫病は人の往来によって引き起こされている。

疫病の流行は、病に冒された村や町から逃げ出した人々が、辿り着いた新しい土地で発症することによって拡大する。故に、古来から疫病が起きれば君主は人々の移動を禁止した。

だが、今は叛乱軍と清軍、それより何より明軍は国中を移動している。これでは収まるものも収まらない。

民の苦しみを考えるのなら、ただちに戦いを止めなければならない』

文書はそう結ばれていた。

朱由検は書面を焼き捨てた。敵との和睦を進言していると思ったからだ。

あの時、何が間違っていたかを考えればよかったのか。

――人々の移動が疫病を広めている。

もし、人々の移動を禁止できていれば。せめて制止できていれば、死で覆われようとするこの地は、もっと違う光景を見せただろうか。

朕は、忠告を、もっと聞くべきであったのか。

朱由検の耳に人々の笑い声が聞こえた気がした。歌声が響いた気がした。生を享(う)けたことを喜び、日々を楽しむ人々の声が届いた気がした。それは、朱由検が皇帝になってから今まで、ずっと望んでいたはずの音だった。

自分はその音を奏でるための存在であるはずだった。

そう、自分にはできるはずのことだった。

難しくはない。死に慄(おのの)き苦痛にわななく民の声を聞き、その不安を取り除いてやればいい。道理を知り、矩(のり)に従うだけでいい。

いや、もっと簡単だ。そもそも懐允の願いを聞き入れなければ――。

「陛下」

こちらを見つめる少女の、磁器のような頬に涙が伝った。それだけで、朱由検の高揚は再び凪を迎えた。

彼女の願いを叶えないなど、ありえない。

「大丈夫だ」

朱由検は夢見るように笑みを浮かべた。

「朕がそなたを見捨てるなど、あり得ない」

そうだ。懐允は幼い頃から自分の側を離れず、苦楽を共にしてきた半身だ。彼女のない日々など考えられるはずがなかった。

ならばその願いもまた、自分のものであるはずだ。

この現実は、自分が望み招き入れたものなのだ。

「私はずっと孤独だったよ」

懐允の悲しい声が紡がれていく。歌われるのは懐允の身の上だ。

「住み慣れた場所から知らない場所へ、無理やり連れてこられた。友達はすぐに朽ち果ててしまった。当然だ、私たちが住んでいた場所はもっと暖かなところだった」

　ここは、とても寒い。そう言いながら細い体はぶるりと震えた。

「私にはどうすることもできなかった」

　だから、あの暗い場所に潜ったのだと言う。少しでも温もりを得るために。ただし、そこに友達はいなかった。

「誰も私の素顔を知らない。寒さの次に私を苛んだのは、孤独だった。誰からも顧みられず、声を掛けられることさえなかった。気の長くなるほどの時間を、私はじっと蹲って過ごしていた。いつか美しいと、麗しいと言われる日がくると思うことなど一度もなかった。……私は君を愛している」

　懐允と呼ぶ少女は、いったい何をもたらしたのだろうか。

「君が愛するものたちを愛している。私は君だ。君のようにこの国のすべてを愛そうと思った。君ならきっとそうするはずだったから」

　朱由検が愛した者たち――この国に生まれ育つ民衆たち。有能な臣下たち。親と家族。后妃たち。

　ああ、と朱由検の唇から嘆声が漏れた。

　田秀英も、もしかしたら、懐允に愛されたのかもしれない。懐允が離れなかったのかもしれない。

「もしも」

懐允の愛はそれだけ、業の深いものだったのかもしれない。

「君に愛されてないとすれば、私はまた一人だ」

「そうか」

とすれば、やはり自分は誤ったのだ。

自分はこの国にとって、あってはならないものを呼び寄せた。名を与え、手懐け、永遠の忠誠を望んだ。

懐允を責めることはできない。懐允は単に朱由検の望みを叶えようとしただけだ。

懐允の愛は本物だった。

「そなたも一人だったのだな」

ならば、もう問うのはやめよう。

朱由検は筆を執り、自分の衣装に文字を綴った。

「皇位に就き十七年、敵に四度攻められ逆賊は都にせまった。朕の不徳ゆえ天罰を受けるも家臣が道を誤らせた。死してなお祖先に面目が立たず、冠を脱ぎ髪で顔を隠す。我が屍を引き裂けど民を傷つけるなかれ」

遺書とする文言に偽りはない。思いの丈を一字余さず綴ると、気分が晴れた。あとのことは新しい王たちに任せよう。この遺書を読み、想いを叶えるよう振る舞えと願うばかりだ。

一本の槐（えんじゅ）の樹の前で帯を解き、枝に吊るした。王承恩は邪魔が入らぬよう、あたりに気を配っている。

懐允とのやり取りの間も、王承恩は顔色一つ変えず付き従っていた。物心つく前からの、忠臣だ。今なら分かる。王承恩のような者を重用することができれば、少しは道も変わっただろうか。

いや。朱由検は首を横に振る。自分は懐允と出会った。ならばどのような道を辿ろうとも、結末は同じだ。

白絹を首に巻きつける。ひやりとした感触は限りなく優しく、朱由検の心を静めていった。

もう恨みは要らない。なぜならば自分は今からこの世界を離れるのだから。

懐允。唯一の名に思いを込めて、朱由検は言った。

「私はそなたのもとに参ろう。私を愛しているのなら、受け入れてくれるだろう？」

「もちろんだよ陛下」

耳元で確かに声がした。朱由検の言葉を懐允は聞き届けた。その証拠に、懐允のしなやかな腕が美しく広がる。

朱由検は懐允の腕の中に飛び込むようにして、首を吊った。

意識が途切れる瞬間、ようやく懐允に触れられた気がした――。

＊

朱由検の死をもって二百七十余年にわたる明の御世は潰えることとなった。朱由検はその後、寵愛した田秀英と皇后周氏と共に、北京郊外にある陵墓に葬られることとなる。

その治世に対する評価は後世、二転三転する。明君としての素質を持ちながら、厄災に翻弄され続けた朱由検を理解できる者はなかったということだろう。

彼の廟号は時代と共に移り変わった。思宗、毅宗、威宗、とされたのち、最後に懐宗の名をあてがわれた。

その一字をかつて朱由検がどう口にしていたのか、知る者はやはり誰もいない。

懐允は今も、この世のどこかで、誰かを支えて微笑んでいる――。

「大丈夫、私は君の側にいるよ」

本作品は書き下ろしです。